白如百合

——金仁顺散文集——

金仁顺 著

时代文艺出版社

图书在版编目（CIP）数据

金仁顺散文集：白如百合 / 金仁顺著．—长春：时代文艺出版社，2017.7

ISBN 978-7-5387-5428-5

Ⅰ．①金… Ⅱ．①金… Ⅲ．①散文集－中国－当代 Ⅳ．①I267

中国版本图书馆CIP数据核字（2017）第104064号

出 品 人　陈　琛
产品总监　郭力家
责任编辑　焦　瑛
装帧设计　张　番
排版制作　陈　阳

金仁顺散文集　白如百合

金仁顺 著

出版发行 / 时代文艺出版社
地址 / 长春市泰来街1825号　时代文艺出版社　邮编 / 130011
总编办 / 0431-86012927　发行部 / 0431-86012957　北京开发部 / 010-63108163
官方微博 / weibo.com / tlapress　天猫旗舰店 / sdwycbsgf.tmall.com
印刷 / 三河市万龙印装有限公司
开本 / 660mm × 940mm　1 / 16　字数 / 150千字　印张 / 14
版次 / 2017年7月第1版　印次 / 2017年7月第1次印刷　定价 / 35.00元

图书如有印装错误　请寄回印厂调换

目录

第一辑　阅　读

第二辑　观　影

第三辑　经　过

第四辑　说　事

第一辑

阅 读

四十惶惑

“我第一次看到他，你知道我想到什么吗？园子里新鲜的蔬菜包在干净的白手帕里面，刚从土里出来的蘑菇。他真是鲜嫩可食。他的身体还是一个新玩具，大人对身体满不在乎的态度，他还没学会。”

这是女教师希芭对她学生情人康纳利的感觉。恋情发生时，她四十一岁，他十五岁，而希芭自己的大女儿都十七岁了。这场不伦恋，这桩大丑闻，是小说《丑闻笔记》里面的一条主要线索，但小说的重点并不在描写恋情上面，而是分析人性。凯特·布兰切特在由小说改编的同名电影里面饰演希芭——电影在2007年获得四项奥斯卡奖提名——她说，“这个故事让我震惊，我必须要思考希芭为什么要这么做，我认为连她自己都不十分清楚。”

说得好。

“连她自己都不十分清楚”，这正是问题的症结所在。

女人在发生恋情时，对很多细节记忆深刻，能栩栩如生地用语言还原当时的情景，但实际上，她们并不清楚恋情的真相。就像希芭，她把康纳利描述成了新鲜蔬菜，刚出土的蘑菇，但这位十五岁的少年，在谈恋爱方面，却天生是她的老师，他的情感阅历——在希芭之前，他已经有过五次恋情——远比她丰富，他仅凭直觉就做出了正确的选择，利用自己低微的社会身份，假扮成家庭暴力的受害者，在同龄人还以各种逞强来证明自己时，康纳利很擅长在希芭面前不动声色地示弱。希芭是母亲，母爱泛滥，加上天真和轻敌，康纳利甩出道德圈套套住了希芭，再把她拉进了爱情的陷阱里。

出身名门、上流社会的名媛希芭，由于这场不伦之恋，失去一切、面临牢狱之灾时，仍然认为她跟康纳利之间，是真正的爱情。她见识过康纳利的粗俗，领教过他的恶毒，甚至遭到了他的抛弃，但她仍然认定，他们之间发生的，是真正的爱情；她把康纳利的种种不好，打包后，贴上了天真无知的标签。

爱情真的令人盲目至此吗?

未必。没有回头路，或许是更合理的解释。

希芭并不笨，也颇具表演性，如果她愿意，她可以把事情处理得很圆滑。我们甚至可以设想，她其实一眼就看穿了康纳利的种种伎俩，虽然事事都是他主动，但她的被动里面是不是也充满着弹性呢？

希芭四十一岁了。她仍然有好身材和美貌，同时，她也有个大她二十多岁的自以为是的丈夫，一个浑身是刺的正处于青春期的女儿，一个听话却智障的儿子。她当了多年的主妇，到了四十一岁的时候，发现艺术梦想的实现可能，如同自己的青春，正细沙般地从手指缝里面流走，她的经历乏善可陈，日常俗务却日渐细密地跟皮肤编织在一起，变成了茧壳，变成了盔甲。希芭不甘心就这样被埋在土里，像颗花生一样死去，她厌倦、厌恶自己二十年来的生活，她试图回到过去，重新变回“包在白手帕里面的新鲜蔬菜，刚从土里出来的蘑菇”，她要让毛毛虫般蠕动的日常生活，变成诗意的蝴蝶。

有什么，能比爱情更适合完成这种蜕变？

康纳利就是这时候出现在希芭面前的。

我们总得讲一点儿文明

小说题目叫《共产党》，实际上，这篇小说跟政治毫无关系。格伦是共产党员，但他喜欢谈论的话题是打猎。三十二岁的爱琳是个美貌的寡妇，带着十六岁的儿子莱斯生活，除了已故丈夫的保险金，她靠做兼职女招待赚家用。格伦比她年轻，没有什么正经工作，他们的情人关系是在酒吧建立的，他们的情感生活也因此伴随着黑暗的醉醺醺的气息，还有——没有还有，主要就他们三个人，毕竟这是篇短篇小说。

格伦和爱琳的恋爱谈得不好不坏，不那么认真也不那么不认真，格伦突然间消失了。爱琳没因此绝望，日子照过，但免不了的是低落沮丧。三个月后，格伦突然开着车回来。他想跟爱琳和好，他的诱饵是带着莱斯去打猎，确切地说，是偷猎雪鹅。

这是个大日子。对莱斯来说，几乎是他一生中最大的日子。

虽然他是个少年，虽然他对很多事情还懵懵懂懂，但违禁的猎杀行为特殊的氛围对他进行了提醒和教育。那一天对爱琳而言也很重要。但格伦就未必了。格伦上过越南战场。打猎相对于战争，绝对是小菜一碟儿。

格伦带着莱斯去打雪鹅，成千上万只雪鹅，“像一条铺在水面上的白色绷带，又宽又长，连绵不断，一块由雪鹅构成的白色海绵”，猎杀本身让格伦兴奋，但对莱斯而言，雪鹅带来的震撼更强烈。猎杀过程被描写得波澜壮阔，莱斯打中了两只雪鹅，格伦打了四只。如果这次猎杀仅限于此，那么，格伦的目的就达到了，他自己过了打猎的瘾，讨好了女朋友的儿子，再吃顿饭，分离三个月造成的隔阂就能轻松跨越，他们将和好如初。可是，出了一个小岔头儿——生活中难免时不时地出点儿小岔头儿的——格伦打伤了一只雪鹅，他对它置之不理，任凭它在湖里自生自灭。

对格伦而言，这没什么了不起的。但对爱琳而言，这是件大事。那只受伤的、被遗弃的雪鹅，意味着怜悯、同情、救赎，甚至某种诗意。她堕落在生活的底层，事事不如意，青春正以看得见痕迹的方式飞快逝去，但她的心仍旧是柔软的，怀抱着接近绝望的希望，她不能对那只雪鹅不闻不问，她不想“让莱斯觉得他是被一群疯子养大的”。

最终，格伦打死了那只雪鹅，至少在那么一小段时间里，他被爱琳的高贵打败了，不知所措了，而当他们转身看爱琳时，她的身影早已隐进了黑暗中。

理查德·福特，他的小说人物，大多陷落在黑暗中，卑微、贫困、沮丧、绝望。他们不知道该拿生活怎么办。雪鹅被明晃晃的枪口猎杀，爱琳们则被生存中难以言说的困境一刀刀剐割，她救赎不了自身，但她不能不解脱那只雪鹅。

理查德·福特无力把他的人物从悲剧中拉出来——莱斯最终没有什么好未来，他十七岁就步格伦的后尘靠出苦力维生——理查德·福特总是眼看着他的小说人物在现实世界中鸡蛋碰石头，输得稀里哗啦，《石泉城》里收录的小说完成于上世纪八十年代，莱斯在后来的生活中，总是想起爱琳那句话“他不是被一群疯子养大的”；而我们阅读《石泉城》这样的小说时，也会想到，当下的心灵世界，也不全然是废墟，而即使是在废墟中，也还是存有悲悯和诗意。就像这篇小说里面的这场狩猎，就像雪鹅翅膀尖那点黑色，就那么一小点儿，但有和没有，截然不同。

爱琳在那天夜里说了另外一句话，被我拿来做了本文题目：“我们总得讲一点儿文明”。

杜拉斯和她的情人

杜拉斯如果活到现在，她一百岁了。

一百岁真可怕，头发稀疏、牙齿掉光、佝偻着腰背、难闻的味道、丧失了性别，各种外在内在的疾病。好多一百岁是靠插在器官里的管子活下去的，一部分管子往身体里输送，另一部分从身体里往外导出。杜拉斯不用遭这个罪，她没挺到一百岁。她的情人，当然，最后的那一个，扬·安德烈亚也没挺过2015年，他才六十一岁。他第一次见杜拉斯时，她六十一岁，他自己二十二岁。

他是她的铁杆粉丝，他向她提问，拿出她的书求签名，还要求给她写信。他从一开始就很谦卑，甘愿成为她的祭品。在其后的五年，在没有回信的情况下，他几乎每天给她写信。忠诚和耐性，是他送给她的玫瑰、恭维、情意、忠贞。她回应了他，那一年，他二十七岁，她六十六岁。她上来就改了他的名字，把扬·梅勒这个名字像件衬衣一样从他身上剥掉，为他换上杜拉斯牌新款：扬·安德烈亚，宣布了自己对这个年轻男人的主权。他被她殖民了。而他觉得自己受到了宠幸，“一切都可以开始了，因为她给我取了新名字，因为这个名字被写在了一本书中。”这本书叫《80年夏》，杜拉斯在里面写道：“我在黑暗的房间里。您在那里。我们一起看着外面。”

真是一语成谶。他们是坐在黑暗的房间里。作家的光环、风华都流动在作品中，作家本人大部分时间都是待在黑暗房间里的，名头越响，孤寂越深？国际范儿的、著名的杜拉斯自闭、酗酒，就像杜拉斯是个真正的作家，她的酒鬼头衔也毫不含糊，她在酒精里沉沉浮浮，如果不是扬，她可能早就死了。

扬·安德烈亚的忠诚和耐性也毫不含糊。

他侍候着、守候着作家杜拉斯，酒鬼杜拉斯，情人杜拉斯。

他自己想当个作家，他对文学很痴迷，所以他才如此心甘情愿地成为杜拉斯的仆人，他是她的秘书、司机、护士、厨师，他是她形而下的一切；而她，是他形而上的一切。他想着，渴望着，她文学的、写作的光环能分一杯羹给自己，但女王的回答是：“扬，您，您没有必要写作——”

扬帮杜拉斯戒酒。杜拉斯很早就开始酗酒，“饮酒使孤独发出声响，最后就让人除了酗酒之外别无所好。饮酒也不一定就是想死，不是。但没有想到自杀就不可能去喝酒。靠酗酒活下去，那就是死亡近在咫尺地活着。”杜拉斯年轻的时候，情人无数，她自己也讲，如果不是作家，她很可能是个妓女。她习惯于让自己在激情中飞扬。她的小说从来都是梦幻的，伤痛和孤独都镶着金边，无比自恋的女作家。在爱情偶尔缺席的时候，还有什么比酒更适合填满寂寞的？在爱情在场的时候，还有什么比酒更具催化作用的？但杜拉斯的酒精之路走得太远了，到了要命的程度，是扬，把她从酒精里拉了出来，他陪她戒酒，忍受着她的谩骂指责无理取闹，忍受着她被酒精和医疗的双重折磨，他经常泪流满面，但他坚持着陪伴她。他到底还是写了本书，那是一本记录杜拉斯在戒酒时，所有的胡说八道。他违反了女王的旨意，写了书，但书的内容仍旧属于女王。

扬离不开杜拉斯。他们是情人。扬是同性恋者，却仍旧是杜拉斯的情人。1984年，杜拉斯写出了她的惊世之作《情人》。对很多读者而言，杜拉斯唯一的作品就是这本书。之前的那些作品，能不能传世，很值得商榷，但有了《情人》，情况就完全不同了。

杜拉斯在扬的陪伴下写的这本书。扬做其他的事情都是合格的，但扬做情人不合格。扬不爱女人，他爱杜拉斯，杜拉斯是他的文学世界，但她的肉身却不是文学，而是腐朽、枯萎、干瘪、衰老，她的肉身是废墟，可杜拉斯是杜拉斯，这个擅长文字魔法的作家，在肉身废墟中，用智慧和才华制造了时间机器：她写了《情人》，写了自己如何鲜嫩如露珠，美艳似花苞，“爱之于我，不是肌肤之亲，不是一蔬一饭，它是一种不死的欲望，是颓败生活中的英雄梦想”。

杜拉斯做到了。七十岁的时候，她让世界刮目相看，摘下了龚古尔奖。她让扬再一次绝望地意识到：她，即是他生命的意义。无论主动、被动，他逃不出她的手掌心。每一次当他绝望地对她说，“我受够杜拉斯了”，她的回答总是：“不，扬，永远不会受够杜拉斯的。”而他的匍匐并非没有回报，杜拉斯也离不开他，她经常让他滚，然后，她满世界找他，把他从城市某个牙缝中抠出来。

他们的生命纠结、扭搅在一起，缔造了文学世界的传奇。他们的故事，其引人入胜的程度，并不亚于杜拉斯的小说。杜拉斯有两个情人，一个是小说里的中国情人，一个是衣食住行里面的扬·安德烈亚。他们纸上纸下，同样著名，同样精彩。中国情人是杜拉斯小说里面的男一号，而扬，是杜拉斯的传记里面的男一号。

扬的意义，并不止于此，就像杜拉斯的文学成就，并不止于《情人》。

爱情可行，不可行？

有段逸闻令人忍俊不禁，屠格涅夫千里迢迢去看望托尔斯泰，托尔斯泰读了屠格涅夫的剧本，语重心长地对他说，“您写得实在太差了，简直跟莎士比亚一样差。”

屠格涅夫离去时，欣喜若狂，天啊，他和莎士比亚一样差。

英国作家朱利安·巴恩斯的小说《复活》，拷贝了托尔斯泰的小说题目，故事却是以屠格涅夫为主角的——

屠格涅夫的某个戏剧剧本在完成三十年后，被某著名女演员改编搬上了舞台。屠格涅夫时年六十岁，女演员二十五岁。接下来的事情顺理成章：他爱上她。

屠格涅夫是个情种，他迷恋爱情，爱情对他而言，是“可行的”，它能唤起人生中最深沉的情感，让他如春日盛开的椴树花般清新明丽，或是如叛国者般受车裂之刑；屠格涅夫虽然不再年轻，但他功成名就，是一个时代的代表，处处引发掌声和鲜花，这种光芒，自有一种魅力令人倾慕；他和女演员书信往来，谈情说爱。她是他最后的爱人，“人生中最后迸发的火花”，他对她的爱几乎有卑躬屈膝之嫌，她不能为他推掉演出，他这个从来没有时间观念的人，却能把握分秒，在她乘坐的火车中途车站上下车，在车厢里跟她共度三十公里的行程，爱情冲昏了他的头脑，“我亲吻你的小手，我亲吻你的小脚，亲吻任何你允许我亲吻的部位，甚至你不允许的地方我也要吻遍”；在他临死前的最后一封信里，他还坚贞地表白：“我不会改变我的爱慕之情——我对你的爱至死不渝。”

巴恩斯的小说里，女演员对屠格涅夫的感情不是重点，她回应了他的情感，但是，他的炽热并没妨碍她的事业，甚至她的恋情；她一边跟屠格涅夫鸿雁传情，一边摆脱旧情人，恋上新情人。她去屠格涅夫庄园时，还就新情人的话题征询他的意见。他爱她，所以他克制、包容；她信任他，她把她的困惑抛给他。

托尔斯泰对屠格涅夫这一套非常腻味，有一次在索妮娅·托尔斯泰的生日宴会上，大家讲述人生中最幸福的时光，屠格涅夫如此说道：“我这一生中最快乐的时刻当然是爱的瞬间。那一瞬间，你与你所爱的女人四目相对，你感觉到她也爱着你。”

如此性情，使得托尔斯泰对屠格涅夫的感情，接纳与厌憎总是并行的。托尔斯泰痛斥肉欲，推崇简朴单纯；而屠格涅夫迷恋激情，迷恋爱。

迷恋爱情，举止幼稚，屠格涅夫用女演员的名字命名她睡过的房间，他请求她把依照她的手制成的石膏模型寄给他，她的石膏模型手至今仍旧保留在圣彼得堡的戏剧博物馆里，在那座城市，他第一次亲吻了她的手。

屠格涅夫爱得如此热烈，但并不妨碍他对爱情另一面的认知，在他的作品里面，爱情“不可行”，爱情绝不会带来快乐，爱情里永远有不对等的感情和意图存在。这就是爱情的本质。

有意思的是，女演员的所作所为，完全印证了屠格涅夫的理论。

美人有毒

弗朗西斯·麦康伯“感到有一道白热的、亮得叫人睁不开眼睛的闪电在他的头脑里爆炸”，然后他就死了。打死他的，是他漂亮的老婆。

娶个美人儿当老婆是很危险的。但很多男人意识不到这一点。三十五岁的弗朗西斯年轻、英俊、高大、富有，生活一帆风顺。但实际上，他还是个孩子。他带着老婆去非洲打猎——海明威的小说内容总是和环保过不去——遇上了一头“呱呱叫的大狮子”，弗朗西斯打了两枪，都不是致命的部位，当他面临最后一次打死它的机会时，他逃了，一头扎进了耻辱的怀里。

连为他们扛枪的土著都看他不起。而他姿色撩人的老婆半夜从他的床上起来，睡到了陪他们打猎的白人威尔逊的床上——他在白天果断出手，收拾了残局——女人多么势利眼儿啊，愿意把自己当成战利品，慰劳英雄和强者。同时也把这个当作是对弱者的警告和蔑视，哪怕他是她的丈夫。

弗朗西斯很痛苦。他被老婆戴绿帽子的次数不少，但这一次，在非洲丛林里，在一个相对隔绝于世的环境中，在他刚从一头受伤的狮子跟前临阵脱逃之后，他老婆的绿帽子戴得让他有些承受不住了。在强大勇敢的猎人威尔逊——他认为自己没有必要拒绝送上床来的女人，她男人管不住她不是他的错儿——和蛮横的老婆——她威胁弗朗西斯如果不放“规矩点儿”，就会离他而去——中间，弗朗西斯就像从两面悬崖峭壁中间坠落一样。他一直落到了地狱里面，不得不面对自己灵魂的弱小，而以往在文明社会中，他的钱财和俊朗的外形很好地掩饰了这一点。

弗朗西斯要去打公牛。他和威尔逊联手打死了三头公牛。弗朗西斯在前一天给他带来巨大耻辱的地方，洗清了耻辱。那三头公牛就像某种特殊的“成人式”，把弗朗西斯从一个男孩儿变成了一个男子汉。就这样，“靠一次偶然的、奇怪的打猎，一次没有机会事前担心的、手忙脚乱的突然行动，麦康伯终于长大成人了”。

耐人寻味的是他老婆，她不只是长着漂亮脸蛋，她还很聪明，她看到了自己丈夫的质变，慌了神儿了。以前他们俩总是分分合合，合合分分，婚姻的基础是妻子长得太漂亮了，丈夫舍不得离开她；而丈夫太有钱了，妻子也不愿意离开他。现在，弗朗西斯变了，他在一头狮子面前丢失的力量感，从三头公牛的力量中迸发出来，回到他的身体里。他终于可以不把自己的老婆放在眼里了，哪怕她是个超级大美人儿也无济于事。这回轮到她难受了。他像一条大鱼挣脱了她的网，要游走了，游到广阔的海洋里去，游到男人的乐园中；像她当初经常游走，尽情享受漂亮女人应得的欢乐一样，但她总是又回到他身边，而他不会。她明白这个。这让她感到害怕。

她是个美人儿，擅长利用自己的资本赢得想要的一切。丈夫对她而言是最后的一张牌，也许她在很多时候不用翻到最后的牌就能赢，但在最重要的赌注里，丈夫这张牌是女人制胜的关键。长期以来，她把幸福建立在丈夫的不幸福上面。丈夫是她的猎物，她想获得幸福就必须控制他，如果他不再被控制了，她只能打死他。

好莱坞的电影里，经常有丈夫欺骗美貌善良的妻子的故事，他通常会和妻子最好的女友私通，主要原因是为了钱财，两人联合起来设计谋害妻子。妻子一夜之间发现生活完全变了，她将被抓进监狱，或者亡命天涯。一个除了美丽一无是处的女人落魄永远是观众赏心悦目的看点，她得从头开始，像弗朗西斯打公牛一样误打误撞，经历数不清的挫折和苦难，但这个过程中，她飞快地成长，脱胎换骨，然后——毫无悬念可言——就到了她那个丈夫倒霉的时候了。

美人的脾气总是很大，对于赞美和呵护，她们习以为常，但伤害对她们而言可是新鲜事物，因而她们报复的力度也来得格外强烈。女人的美貌如同森林里的虎豹那身华丽的毛皮令人眩目，当她们发动攻击时，暴力也带着美感。难怪好莱坞死抱着美人复仇这类题材不放，还有邦德女郎们，没有她们的存在，007的系列成人童话还有什么好看的？

美人都是有毒的，所以有阅历的人说丑妻近地家中宝。苏格拉底虽然饱受悍妻摧残，但都是外伤，看着热闹，实际上不伤筋不动骨的；但美女就不同，她的毒性是从内向外发作，一旦爆发便无可收拾。因为美人们总以为自己是世界的中心，相应说来她的愤怒也无疑是一场世界大战了。

弗朗西斯被老婆打死了。死得很冤枉，而他老婆同样觉得冤枉，她也实在是迫于无奈才这样做的。不是说，每个人都有追求幸福的权利吗？

埃玛·宗兹

到目前为止，我对埃玛·宗兹的喜爱超过了很多生活在我身边的人。她是博尔赫斯小说里的人物，如果有选择的可能，我更愿意在福克纳的笔下看到她。博尔赫斯太喜欢分析了，这不符合我的阅读口味，但我仍然感谢他把埃玛·宗兹写出来，就像把一个朋友介绍给我认识一样。

埃玛·宗兹是个很有心机的年轻女子，相对于幼稚和矫情，我更能接受女人的心机，有心机的女人至少是用大脑思索的，而不是用身体的其他部分。她还是一个从容镇定的女人，擅长保守秘密，对自己想要做的事情心中有数，行动起来脉络清晰。埃玛·宗兹的父亲被人陷害，蒙羞而死，埃玛·宗兹在仇人的工厂里上班，伺机而动。当她父亲去世的消息传来，她也到了必须行动的时候了。

复仇的故事总是让人兴奋的，难的是如何在老套路里走出新意。博尔赫斯通过这篇小说指出了一个重要的、但长期以来被我们忽视的角度，这个角度使得埃玛·宗兹能最终成为埃玛·宗兹，而不是一个符号。

“置之死地而后生”是埃玛·宗兹复仇的信念，在施暴之前，她先把自己变成了受害者。实际上从她父亲被陷害的那一刻起，她已经是受害者了，这一次的不同在于，她自己主动去寻找能使自己受到伤害的人。她在酒吧里和一个个头儿比她还矮、猥琐的船员上床，此前有一个年轻的，埃玛·宗兹担心自己“会惹起他的怜惜温存”而放弃了。她就是想把自己的纯洁糟蹋在一个让人恶心的男人手里。

经历了“穷凶极恶的凌辱”的埃玛·宗兹从那间光线昏暗的房间走出来后，立刻走上了复仇的道路，她坐在无轨电车的最前面，身体里还保留着陌生人肮脏的东西，这时的埃玛·宗兹是最令人难忘的，她所担心的那个年轻人可能会对她产生的怜惜温存，在此时转移到了读者的身上，在读者看来，埃玛·宗兹的纯洁并没有丧失，她刚刚在酒吧里蒙受的糟蹋反而把她的纯洁擦亮了。怜惜和温存，读者们借用了这两种感情，给予了埃玛·宗兹力量，并陪伴着她走到仇人的面前。她以举报者的名义把仇人骗来跟她见面，那个卑鄙的人到来时，埃玛·宗兹的身体里面，凌辱仍然是“穷凶极恶”的，保持着新鲜，无论对她，还是对读者。当她举起枪时，读者也跟着她举枪，大家一起杀死了那个该死的、制造了这次灾难的人。当然，报案的电话只能由埃玛·宗兹来打，她对警察说，“出了一件想不到的事情——他强奸了我，我杀了他——”

年轻姑娘埃玛·宗兹出现在小说中是1922年，可每当我们谈起她时，在我心中唤起的感觉总像是在眼前。她是我们日常生活中的一个人，有一些人认识她，其中一部分还喜欢她。谈论她可以使某些不相干的人变得亲近起来，或者还会发生一些故事。而当这些故事结束时，埃玛·宗兹还是埃玛·宗兹。

说到底，埃玛·宗兹不过是一个名字，甚至于还是一个为复仇而起的假名字。可它让我们感动，并且记住。这就足够了。生活中有很多东西比一个名字更值得追究。

冰山之下

互联网时代，网站上面各种匪夷所思，各种闻所未闻，各种裸露暴露，各种没有最怪只有更怪。读书的人是稀缺人种，读朱利安·巴恩斯这类作家作品的人，只怕是怪物了。

《终结的感觉》是那种让极品读者也难免咬牙切齿的作品，要不是之前读过他的短篇小说，这根儿骨头是很难从头啃到尾的。即使在啃的过程中，也难免不断地质疑，这根鸡肋值得花时间读完吗？

故事很简单。四个高中生，关系不赖，其中两个可以忽略不计，另外两个则是此部小长篇的重点。托尼——小说叙述人——在大学时代有个女朋友维罗尼卡，他们断断续续、不咸不淡地交往了几年，其间托尼去维罗尼卡家里拜访过一次，维罗尼卡也到伦敦见过托尼的三个好友。他们分手——是托尼提出来的——

后，维罗尼卡跟托尼的好友艾德里安相爱了。艾德里安聪明绝顶，才华横溢，什么都是一流的。托尼大学毕业后去美国云游了半年，回国后听到艾德里安自杀身亡——方式也是一流的——的消息。

唏嘘感慨悲伤都是难免的，随后，托尼步入他平庸正常的人生，结婚、生女、离婚、谈恋爱再分手，从青年到中年，再到老年。这时，他接到封信，维罗尼卡的母亲去世了，她留给托尼一份遗产。

五百英镑以及艾德里安的日记。从记忆时空里掉出来的两个馅儿饼，一时令托尼无所适从。钱的事情好办，日记却是个大惊奇。维罗尼卡拒绝交出日记。在托尼不屈不挠的索要下，她给了他前不着村后不着店的两页内容。

这两页纸，以及托尼与维罗尼卡四十多年后的两次相见，成为托尼解密的密码，谜底确实是有些出人意料：艾德里安与维罗尼卡相爱后，移情别恋上了她的妈妈，并令她妈妈怀孕，他无力——或者说不想——承担这个后果，选择了自杀，生命对他而言，是一份不索自来的礼物，“但凡有思想之人都有一份达观的责任去审视生命的本质以及随生命附赠的条件”；这些话在小说结尾处有了双关意义。

英国作家讲故事真沉得住气，很显然，躲藏在日记后面的故事更加起伏跌宕，一个天才哲学青年，先爱女儿，后爱母亲，把一个原本安定、秩序井然的家庭弄得满目疮痍，那个孩子也叫艾德里安，生他的女人年龄偏大，他的健康从出生时就是个问题。维罗尼卡有责任照顾弟弟，而弟弟是她前男友和她母亲的产物。顺便说一句，维罗尼卡的父亲——另一个受害人——酗酒而死。

巴恩斯把真正的故事埋藏在海水下面，海面上，是托尼平淡庸常的生活写照，托尼的生活中每个日常人物的写照，如果不是一份从天而降的遗赠，他不会知道自己是另外一个家庭悲剧的参与者。而那个悲剧，正如小说结尾的一句话："有累积。有责任。除此之外，还有动荡不安。浩大的动荡不安。"

浩大的动荡不安。是坚持把小说读完的回报。

内心活动

“一本书是作家的秘密生活，一个男人的黑暗孪生兄弟；你无法调和他们。”这是小说《蚁群》里的一句话。套用这句话，《内心活动》这本书，介绍了作家们的秘密生活，被介绍的作家都相当著名，一多半跟本书作者库切一样，是诺贝尔文学奖的得主。库切在本书中，披露了很多“黑暗孪生兄弟”们的秘密。比如说，惠特曼的同性恋倾向，他对英俊少年的喜爱常常溢于言表，王尔德巡回访问美国时曾探视惠特曼，并宣称离开时放肆地吻他的唇。王尔德日后在英国以有伤风化罪入狱，吃了很多苦头儿，而惠特曼的性倾向却未对他造成任何伤害。惠特曼的大师情结也很有意思，他从一开始就知道《草叶集》会成为里程碑式的作品集，诗集每次再版时，他都要对里面的作品进行修正和改进，他还声称诗集内部有个大教堂式的结构，以暗示其伟大。但正如库切所言，惠特曼最终还是以几首诗闻名，而非一本美国的诗歌圣经。

关于福克纳，很难找得到如此短小，又如此精粹，几乎纵贯了福克纳一生的品评。福克纳年少时梦想成为飞行员，他也确曾入伍皇家空军受训，但他没来得及独自驾驶飞机，战争就结束了。福克纳的伤腿为他提供了虚构英雄故事的最初前提，但随着从谎言得到的乐趣，他发现妙巧的构思、可信地讲述的谎言，可以击败真理。他由此走上了靠幻想谋生——写作——的道路。

福克纳的写作似乎一帆风顺，取得的成就连他自己都感到吃惊。福克纳五十多岁时，看上去英俊而敏捷，但那只是一个外壳。一生喝酒已经开始损害他的精神。书里面援引了福克纳女儿令人心寒的证词："父亲喝醉时会变得如此暴力，以致得有'一两个男人'在场，保护她和母亲。"酒鬼的形象固然恶劣，但并非没有理由。长期以来，福克纳供养着挥金如土的老婆和整个法克纳家族，生存压力迫使他搁置真正对他重要的长篇小说写作，转而为通俗杂志制造短篇小说，为好莱坞写电影剧本。

这本书的主要内容并非是写作家们的逸闻和隐私。恰好相反，逸闻和隐私之所以被提及，是因为它们对作家的写作具有重大意义。本书对作家作品的分析更加一针见血，入木三分，库切这位"黑暗的孪生兄弟"，像鲁迅所言的那样，因为来自同一个阵营，他的表扬和批评都格外中肯。他对奈保尔作品中的人物——同时也是奈保尔本人——的概括是："这具'发育不全’的印度身体不是一具美国身体，也永远不会成为一具美国身体。”他对马劳伊的批评毫不含糊，“他关于长篇小说形式的设想是老套的，对长篇小说潜能的发掘是有限的，因而他在这个媒介中的成就也是微弱的。”而写到马尔克斯《回忆我那些忧伤的妓女们》时，他的文字非常的感性，有种温情脉脉的情怀，他分析和比较了马尔克斯这篇小说与川端康成《睡美人》之间的对应关系，对马尔克斯在题材方面的拓展给予充分肯定，本篇收束时选用了《坎特伯雷故事集》里面的商人跨代婚姻的讽刺故事的结尾，微妙而幽默地表达了库切对马尔克斯这篇小说所抵达深度的小小疑虑：“在清澈的曙光中，年老的丈夫戴着睡帽坐在床上，脖子上松弛的皮肤颤抖着，他身边的年轻妻子在恼怒和厌恶中意兴阑珊。”

比文字方面的精准更重要的是库切的眼光，他显而易见是站在诺贝尔文学奖这样的高峰上面，使命和责任感流露在字里行间，保证了这本书的文学价值和持久意义。也因为这种高度，他能把大师们从神坛上拉了下来，回归人间。回归虽然回归，但“无法调和他们”。

这正是本书另外一个重要的魅力所在。

上帝的礼物

在一部名叫《美丽人生》的电影里面，一家三口在纳粹集中营里，父亲为了宽慰自己的儿子，把他们正经历的苦难说成是一场游戏。孩子在不知情的情况下，在集中营里度过了一段快乐的时光。

这个电影我不敢看。这个假设架在刀刃上，我知道我看这个故事时，所有的注意力都会放在刀刃上，任何割破我都不会忽略。我只会盯着血，会疼痛。我没有看完《安妮日记》。读到他们全家躲进地下室开始，我就不敢读了。

在纳粹的集中营里，有一个叫玛莎的小孩写过一首诗：

这些天我一定要节省／我没有钱可节省／我一定要节省健康和力量，足够支持我很长时间／我一定要节省我的神经和我的思想和我的心灵和我的精神的火／我一定要节省流下的泪水／我需要它们很长，很长的时间／我一定要节省忍耐，在这些风暴肆虐的日子／在我的生命里我有那么多需要的／情感的温暖和一颗善良的心／这些东西我都缺少／这些我一定要节省／这一切，上帝的礼物，我希望保存／我将多么悲伤倘若我很快就失去了它们。

还有一个叫莫泰利的小男孩，也在集中营里写过一首类似的短诗：

从明天开始，我将悲伤／从明天开始／今天我将快乐／悲伤有什么用／告诉我吧。就因为开始吹起了这些邪恶的风／我为什么要为明天悲痛，在今天／明天也许还这么好／这么阳光明媚／明天太阳也许会再一次为我们照耀／我们再也不用悲伤／从明天开始。不是今天。不是／今天我将愉快／而每一天／无论它多么痛苦／我都会说：从明天开始／我将悲伤／不是今天。

面对这样的文字，我们能说些什么呢，在长久的缄默之后？有一只很大很大的手遮蔽了太阳，但阳光从指缝间露出来。这些诗句从石头下面，像一丛蓬勃的青葱的草冒出来。那不只是光和绿，那是人类处在最深的绝望中时，耳畔忽然响起的钟声。提醒、昭示着某种神圣的存在和到来。

玛莎和莫泰利的诗不是为了放进哪一个诗集里而产生的，我们可以说，这些诗篇是邪恶花园里的天使之花。可为什么邪恶可以如此嚣张，毫无怜悯？！我们可以说这些从集中营里凝聚、抽发、绽放出来的语句，使苦难本身发生了裂变。可能是裂了个缝，但苦难仍然是苦难，或者说，更苦难。苦难就像习惯生铁的冷与硬，孩子在怀抱生铁的日子里，想起了棉花。于是他们写诗。

这些孩子不是诗人，这些诗不是上帝给我们的礼物。而是，某种警示。

有个电影叫《希特勒回来了》。借由某种无法言喻的力量，希特勒复活了。他来到柏林，柏林早就不是当年的柏林了。所有的一切都面目皆非。希特勒不再是首相、首领，没有人拿他当回事儿。他是个小丑，反派。蒙圈过后，希特勒认清了现实。他因为长相被人当成希特勒，作为一个反面人物被取笑，被贬损，然而反对的力量也是力量，希特勒红了。网红、明星，他的号召力越来越强大。最初的粉丝关注他是出于讥讽和嘲弄，大家需要有个出气和发泄的对象，但随着粉丝的暴增，粉丝们的阵营和态度开始分化，有些人重又站回到当年的立场，觉得战争、纳粹，都是对的，当年他们做得不是太多，而是太少；不是太狠，而是不够狠。希特勒真的回来了。唤回希特勒的人想杀掉他，但这怎么可能呢，作为一种本性，希特勒可以在任何人身上回归。

今日欢呼孙大圣，只缘妖雾又重来。

这个世界真的是什么都可能发生的。包括再来一次世界大战。玛莎、莫泰利、安妮，这样的孩子、诗人，或者作家，如果他们曾经是天使，他们的作品就是上帝的礼物，这个礼物不是糖果，而是敲响的警钟。

上个世纪七十年代的一桩绯闻

用了几天的时间，把乔伊斯·梅纳德的《红尘难舍》读完了。这是读起来异常轻松的文本，虽然其间涉及的情感并非不复杂。里面配有乔伊斯的几张照片，其中一张是登在《纽约时代》上面的。她有一对大眼睛，看上去比实际年龄小上好几岁的脸庞。一张孩子脸毫无性感可言，不知道塞林格当初怎么会对这张照片上的女孩子一见钟情的。

绯闻总是引人注目的，哪怕它被尘封了二十多年，现在端出来照样引人注目。塞林格也确实不俗，他是大作家，还是一个通过隐居来疏远当下生活的智者。我还记得十几年前有人跟我提及乔伊斯与塞林格之间的暧昧关系时，那种津津乐道的语气。当时，乔伊斯不仅是绯闻的女主角，还是被拿来论证塞林格性格方面特立独行的一个论据。他有很多让人嫉妒的东西，出身于贵族之家，有着高雅的品位，年轻时就成名立万儿，但他厌烦给别人当偶像，隐居乡间过遗世独立的生活。但这并不影响他与女人们之间建立亲密的关系，恰恰相反，距离上的阻隔反而有助于那些爱上塞林格的女人们陷入一种纯净的深情中，乔伊斯只是这些女人之中的一个。

以前她不知道她是几分之一，或者十几分之一、二十几分之一。她一直颇为自己曾经是他的情人而沾沾自喜，在得知像她这样的和塞林格有过短暂关系的女人数目并不少时，她被冒犯的程度似乎比当初遭到抛弃更来得强烈。她那么瘦弱，在爱情上却是霸道的，和所有自以为是的女人一样，她以为自己可以把握局面，能把爱人牢牢地掌握住。可她运气不好，遇见了塞林格。有这样另类的人垫底，注定了她在感情生活上不可能得到世俗意义上的幸福。除了在他们交往的开始阶段有些许温情脉脉以外，塞林格和乔伊斯为期一年的爱情故事有着令人吃惊的残忍。她用“重创”和“羞辱”来形容自己十九岁时经历的爱情。

毫无疑问，乔伊斯的一生都无法走出塞林格的阴影，哪怕是她自己已经清楚地意识到丧失自我去爱一个人的错误，哪怕是她有勇气正视自己的经历并把它写出来，她仍然无法从那场情感风暴中自拔。她在这部自传的引言中说道：“J.D.塞林格与我的亲密程度不亚于我所信仰的宗教与我的关系。”

在乔伊斯的笔下，塞林格的形象是风度翩翩的，他比她大三十五岁，成熟、优雅、神秘、尖锐。他天生是把很多矛盾统一在一身上的人。对于自己的私生活他有种贞操般的情结，拒绝任何微小的侵犯。他和乔伊斯的来往起源于她的文章，实际上，他从未把乔伊斯真的当成一回事儿，他只是一个勾引家，用文字铺设了一张网猎艳，几乎没怎么费劲儿。一切都按他预计的发展了。她从耶鲁大学退学，去和他生活，但并不快乐。塞林格的睿智像一面镜子，每时每刻照映着乔伊斯的渺小和虚荣，和一个像鬼一样能把一切看穿并加以嘲弄的男人一起过日子是可怕的，乔伊斯的现身说法充分证明了这一点。

让人感兴趣的不是这种情感历程的变化（情人之间的分分合合恩怨情仇并不少见），而是一个女人注视一件事情的视角离客观真实到底有多少差异。乔伊斯爱上塞林格，到底有多少功利的成分？说一点儿没有肯定是不对的。乔伊斯在这部回忆录中，尽可能地把两个人放在一个平行的位置上。尽管她也写得不错，但离塞林格还是太遥远了一些。以一些小人之心去猜想，乔伊斯写自己与塞林格的故事是迟早的。多年来，塞林格对自己私生活的呵护使得他的故事像金矿一样诱人，乔伊斯的行为并没有什么过错，即使从功利的角度来说，这部回忆录也是对她初恋的惨痛经历，以及这些年来不幸生活的补偿。是她应得的。

在《红尘难舍》的结尾外，乔伊斯去看塞林格，质问他她在他生活中的地位有几斤几两。如果他们曾经是爱侣的话，现在则是不折不扣的冤家。两个擅长运用语言的人各自操起长矛利刃，指向对方，他说她“所谓的事业就是写一些流言蜚语”，而她用他当年勾引她的话来反唇相讥，“是你说我是一个作家的。”他认为她在利用她和他的关系，而她认为他利用了她。乔伊斯离开塞林格后，所做的第一件事就是把车停在路边，把刚刚发生的一切毫无遗漏地记录下来。然后她接着开车，流泪，并撞上了一个停车牌。这一刻，她的世故和清醒让人不知如何评价才好，但毫无疑问，这就是女人。这才是女人。

爱情到最后总是一副丑陋的面目。就像《麦田里的守望者》那篇小说的结尾处，霍尔顿去投奔他心目中让人尊敬的安多里尼先生，安多里尼先生却是个同性恋者，非但没能提供什么帮助，反而给霍尔顿的倒霉处境来了个雪上加霜。

我十九岁时读到《麦田里的守望者》，立刻被小说奇特的语言风格镇住了。小说里面借安多里尼之口引述了一句话：“一个不成熟男人的标志是他愿意为某种事业英勇地死去，一个成熟男子的标志是他愿意为某种事业卑贱地活着。”当时我简直为这句话着了迷，一有机会就跟人家讲这句话，仿佛它是我手里的一件珠宝。现在，在乔伊斯讲完了她的悲情故事之后，我们或许可以这么说，一个不成熟女子的标志是她用全部身心来爱，一个成熟女子的标志是她知道该用哪一部分来爱。

有型的女人

1921年2月，纽约举办了摄影师史蒂格利兹的摄影作品展，揭幕当天画廊被挤得水泄不通，随后的两个星期内，又有三千多观众顶风冒雪前来。史蒂格利兹的摄影眼光和技巧固然值得称道，但真正引发纽约艺术界这场大风暴的原因，是这个摄影展展出了四十五件女人的裸体像。在那个年代，人们对身体的态度还是谨慎小心、郑重其事的，即使对于艺术家们，公开展出裸露也是大事件。

充任裸体模特儿的奥基夫，是史蒂格利兹的情人，更是个画家。她在作画的时候赤裸着身体，而史蒂格利兹拿着照相机，随时抓拍。奥基夫的身体在史蒂格利兹眼里以及镜头中，美得不可思议，在观众眼里，也美得不同凡响，“那个‘苍白’的女人，看起来有如贞洁的圣女”。

奥基夫身体的美，不是简单的丰乳肥臀、长腿细腰，她瘦削如男孩子，同时又拥有绝对的女性性感，那些被镜头定格的形体、皮肤和弧线，从容如静物，安定之下，又暗流起伏，她身体的每个局部都是活的，都是思想着的；她的表情相当严肃，她对这个世界的审视，远超过观众对她的探究，洞悉一切又充满梦幻色彩。

摄影展开幕式上，奥基夫短暂现身，沉默地打量着如潮的人群涌至照片前面，欣赏她的不加掩饰的身体，然后转身离去。她从未对那些照片发表过评论，她的身体有万语千言，她的沉默也是。

奥基夫成为纽约惊世骇俗的艺术家，可不仅仅因为这些裸照，更是因为她的画。在奥基夫之前，没有人真正把花朵当回事儿，当然，花朵是画家笔下最常见的物品之一，但那些花朵就像我们在路边在花园看到的那样，是美丽寻常物。奥基夫对花不是用看的，而是用心去读，进而审视、惊叹、研究、表现、发扬，在她的画笔下，每个花朵都是世间最动人的谜语。

“没人真正仔细看过一朵花，它是如此之小，以至于我们没有时间来看它。所以我告诉自己，我要画出我所看到的，画出这朵花对我的意义。”

就像芝麻开门，奥基夫用色彩和形体的咒语，打开了花朵神秘的山洞，她画了很多花，曼陀罗、海芋、鸢尾花、红昙花、罂粟、牵牛花，等等，那些诞生在奥基夫画布上面的花朵，与其说是盛开，不如说是爆炸，浓情四溢，热烈无匹，同时又危机四伏，险象环生，真正是魔幻现实主义。她对花朵的描摹和阐述所引发的轰动和震撼，比裸照更激烈，在此之前，大家做梦也没想到，花朵竟然是如此的有伤风化。

奥基夫的花朵单纯天真，并非什么性器官的隐喻，但少就是多，她的花朵交融着阴与阳的纠结撕扯，柔弱和暴力的相互依存和互为补充的关系，她还原了花朵的勇气和野性，坦白了自然界最大最公开的隐私。正如惠特曼所言："一片草叶并不比天体的运行渺小。"

早在成名之前，奥基夫对别人的误读已有心理准备，"我担心别人看不懂我的画——我希望他们能——但又担心他们真看懂了。"

她的宣告是革命性的，也是意味深长的。

1936年，奥基夫接受当时纽约的化妆品女王伊丽莎白·雅顿的订购，为她的美容沙龙画了一幅曼陀罗，伊丽莎白·雅顿的想法是："花儿大胆热烈地绽放，最好是开满了整面墙，当顾客化了妆，睁眼一看，顿时觉得自己跟花朵一样娇美。"伊丽莎白·雅顿为了女人梦想支付了一万美金，在当时，一千美金对画家而言，都是奢望。

奥基夫完成了这幅画。比起"跟花朵一样娇美"的肤浅预期，这幅画深沉得多，丰富得多，也广阔、神秘得多。

奥基夫盛名之下，也难免为名所累。社会压力，抑郁症，以及已经成为其合法丈夫的史蒂格利兹的外遇，等等，使奥基夫的中年生活充满了困扰，幸好她有画笔，画笔是她跟社会对峙时的刀枪剑戟，也是她逃离世俗深渊时的木桨，她只身去了新墨西哥州，在沙漠中邂逅了创作的另一个绿洲。

她爱上了骨头。牛、羊，以及其他动物的，在沙漠阳光下面，晒成纯白，或者淡灰色。就像她魔幻地呈现出花朵的内在世界一样，这些落到她画面的骨头也都还了魂，既生又死，且生且死，熠熠生辉。从来没有人像奥基夫那样，在画面上把骨头像副眼镜那样，紧贴在观众眼前，让观众透过骨头的弧线，看外面的世界。可以说这是死亡的视角，也可以说这是上帝的视角。

花朵之后，这些以骨头为主要内容的画作再次引起轰动。奥基夫一如既往的平淡、低调，“我在找得到花的地方采花，在沙漠里发现美丽的白骨，我也捡起来带回家。”

画展之后，她回归沙漠，继续过着日出而画，日落而息的生活。独来独往，宛若一粒沙砾融入其身处的环境中。她素面朝天，皮肤晒成了棕红色，经常被当成印第安人。她的粉丝们不远千里，到她的房门前求见，她冷冷地看众人一眼，“好吧，这是我的正面，”她说，转过身去，“这是我的背面。”

然后，她把门在身后关上。

她把喧嚣的世界关在外面。

奥基夫不在乎被遗忘，她也确实被遗忘了，与她同龄的艺术家们纷纷过世，她也变成了老太太，年近七十岁的时候，她第一次游历欧洲，与雕塑家布朗库西在巴黎巧遇，布朗库西惊呼，“我还以为你已经不在人世了。”

奥基夫大隐于世，但她的一生，注定要在别人的惊叹中度过，就像她的画，虽朴素简单，却大红大紫一样。在她淡出人们视线至少二十年后，八十岁的时候，她再度引发了美国时尚界和艺术界的地震，这一次，她成了《时尚》杂志的时装模特儿。

《时尚》杂志还从来没有过这样的模特儿，满脸皱纹和风霜，头发花白，黑色长袍，在沙漠的背景下，从容自处。客观地说来，这一场秀里，奥基夫并不是什么模特儿，而是她一贯生活态度的华丽总结：她终其一生挖掘自身内在的潜能，我行我素，在寂寞和孤独中创造了艺术品，同时也把自己打造成一件旷世珍品。

何谓艺术家？何谓潇洒？

奥基夫是一个堪称完美的样本。

张爱玲的撒娇

张爱玲从来不是软弱派，她写的女人也不是。

张爱玲是强硬派。这种强硬来自她的一针见血和入木三分。或者说，因为太清醒，她无法像同时代的女作家那样，虚弱地喊喊女性主义的口号，玩玩小资产阶级情调，她哪个阵营都不搭，穿着旗袍，抱臂冷笑，于繁华虚浮中间，一眼就盯到内里紧要的所在。

可这样的女人，被胡兰成找上门儿来了。

当时的胡兰成是个汉奸，自恃有几分才华。他其实真正的才华倒是在女人调情上头。是个情感寄生物。张爱玲也不是不会调情，她的情在小说里面，调得有模有样儿，比如振保和娇蕊（《红玫瑰与白玫瑰》里面的红玫瑰）调情，娇蕊说，我的心是一所公寓房子。振保心里就叹息，公寓房子总是要有房客的，一个走一个来，来来去去之间，真情就像指缝里的水，渐渐流干了。但振保嘴上的话却是，“有没有空房间招租啊？”娇蕊把自己打扮得像个风月老手，是因为振保素有柳下惠美誉，结果，娇蕊付出了真心，振保却只当这是一场男女游戏。

张爱玲的倔性和高傲，是她跟胡兰成开始的重要原因。她的清醒从不缺席。她明知是陷阱，偏偏要跳，我就跳了怎么了？她太自信了。

张爱玲在自己人生最繁花似锦时爱上了胡兰成。那时的她万众瞩目，成为上海滩文化界的明星，是名利让她有些晕了，蒙了，茫了。而不是男人。当然她跟胡兰成甜甜蜜蜜过。她的难得的撒娇都在这时候留下了记录。一次是给胡兰成写的几句话，“你这个人嘎，我恨不得把你包包起，像个香袋儿，密密的针线缝缝好，放在衣箱里藏藏好。”

这差不多是张爱玲最娇憨之态的写照了。这是她的旁逸斜出。张爱玲的底线，其实是白流苏。对爱情对婚姻，再渴望，也是自控的，明察秋毫，草木皆兵。爱情和婚姻原本就是女人最重要的战争。天时地利人和，哪一样都要命。张爱玲用一场《倾城之恋》成全了白流苏的幸福，她自己也遇上了战争，经历了社会重大的变革时期，她却没有流苏的好运气。

张爱玲年轻时大红大紫，所有风光一时耗尽。就像李清照，一度婚姻幸福，才华横溢，人生锦绣，突然变故袭来，直落谷底。战争结束后张爱玲仍旧颠沛流离，生活中有各种不如意，放大了她性格里面的高傲和偏狭，她漂泊在海外，跟美国丈夫过着作家的清苦生活，他们的感情很好，相濡以沫。但知道她美国丈夫的，有几个人？大家记得的她的爱情经历，总是胡兰成。

而这种记取，很大程度上跟胡兰成本人的推波助澜有关。张爱玲的爱情，成了胡兰成的最珍贵的藏品。在他灰头土脸的下半生，他依靠着消费张爱玲来为自己涂脂抹粉。处处以著名女作家的情人自居。这副样子，实在猥琐得很。一如当年，他逃难到乡下。之前，张爱玲说过，如遇变故，她取名张招，会满世界地找他。而他见到这个名字，就知道是她，在找她，在召唤他。风雨欲来，山洪将至，张爱玲把恐惧和无奈变成了撒娇，变成了誓言，她确实做到了，辗转到乡下去看胡兰成，而彼时的胡，早就和另外的女人同居了，胡就是这种人，永远不安分，永远要卖弄，要调情。晚年时分他一直写信给张爱玲，张爱玲已经是浮萍，还要被他当成稻草。她看他不起，对他的各种勾勾搭搭，保持沉默。而沉默是最大的看不起。

张爱玲的美国丈夫离世后，她守着孤独和洁癖症又过了些年，她不愿意回来，懒得看那些面孔，中国人伤害她太深。哪张脸孔都让她烦。他们的崇拜她不稀罕。她宁愿死在异国他乡。那天来临的时候，她换上旗袍，躺在床上。比她的死亡更让人难过的，是旗袍这个细节。旗袍作为载体，把张爱玲的人生重又摆渡回到了她的青春时代，她出身名门却历经苦难，但仍旧傲气飞扬，对世界宣告：“出名要趁早啊——”

那时候她太年轻了，还不晓得，辉煌有烟花的属性，璀璨一时，灰烬一世。但即使这样，璀璨毕竟是璀璨。烟花之后的寂寞，总归有追想，玩味，甚至后悔的东西。人生或许会苦难，但从此不庸俗。

罢了。

第二辑

观　影

白如百合

《百年孤独》里面的奥雷良诺·布恩地亚上校能文能武，既有化学家条分缕析的头脑，情感上又敏感得像个诗人。有一次他跟父亲去镇长家里挑衅，却遭遇了隆重的礼遇，更让他意想不到的是，他见到了镇长的小女儿、年仅九岁的雷梅苔丝，小姑娘“皮肤白如百合，眼珠碧绿”，这个成熟睿智的男人一下子堕入了情网。

《情人》里面的那个中国男人也是。有钱的大少爷，风月场所早就走得如履平地，某一天在渡船上，他邂逅了用鞋带系着辫子，脚蹬着破旧高跟鞋的法国女孩儿。他的目光再也无法从她身上转移，她的眼睛那么明亮，额头那么年轻，像一滴露珠，令男人战栗不已。

无法抵抗的纯洁，无法抵挡的脸孔。

越是经历丰富，越是被世俗生活的厚厚茧壳包围，越容易在天真面前败下阵来。雷梅苔丝是天真到底，纯洁到底的。她十几岁就做了妈妈，孩子生下来她就死了。生命短促如朝开暮落的木槿花。在她死后，布恩地亚上校走上了革命的道路，相对于革命的意义，排解寂寞或许是更重要的因素。而《情人》里的法国少女在不谙世事的外表下，却埋藏着复杂的感情。聪明慧黠，懂得如何抓住中国男人的弱点，而他的最大弱点，是他爱她。她意识到自己的堕落，意识到自己在如此的年纪便纵情声色的可耻和尴尬，但她舍不得放弃。她矛盾挣扎，承受不了便把自己的痛苦转移到情人的身上，让他更痛苦，更挣扎，更矛盾。出于对男女情爱的迷恋和纠结，《情人》的作者杜拉斯坦承，如果没当作家，她一定会去当妓女。

奥斯卡影后塞隆素有“好莱坞花瓶”的称呼，在电影《女魔头》里，增肥近五十磅，丑得让人瞠目。影片的化装好得不能再好了，不只美女变成了悍妇，还让塞隆的脸上出现了杀人者的招牌表情——有点儿木讷，有点儿蠢，还有不经意间流露出来的凶恶。

她在影片里扮演一个妓女，皮肤粗糙，身材臃肿，低级的街边货，男人所有的丑陋恶劣她早就见怪不怪。她在酒吧间里，遇见了一个主动过来攀谈的小女生，大大的眼睛小小的嘴巴，纯真得像一杯甜水。这个妓女没想到自己会爱上她。

由于多年出卖色相的生涯，男人对她的伤害早就蚀进骨里，她无法再爱男人，男人对她而言只是交易工具，这也是她后来成为这些男人生命终结者时的重要心理前提。这个妓女是女人，却不是普通意义上的女人，过早的卖淫生涯撕毁她的自尊，太多的羞辱给她的脸上罩上了厚厚的面具，正常女人不消说是厌弃她的，以她这种同性为耻；只有这个涉世不深的、有同性恋倾向的女孩儿，在寻找刺激的冲动下，用温情的目光和温柔的手指尖，触摸她。就是这种她不能承受的轻柔，最终使她从街边妓女，变成了令人发指的女魔头。

涉世多年的妓女爱上了那个看起来纯真无邪的女孩，“喜欢到不能再喜欢”，爱到了极致。她在小女孩儿面前有些笨笨的，经常语无伦次，自大虚荣，像男人一样走路，吸烟，说脏话——相对而言，小女孩儿倒是比她更冷静理智，她的自信来源于情爱关系上她占着的上风——但她的内里是温柔的，也明白爱情是要有代价的，她愿意为这个小女孩儿付任何代价，杀人，抢劫，一步一步走向地狱。即使最后她知道自己被出卖，仍然照单全收了为爱情付出的代价。判刑十二年后，她被处以极刑。

让人心酸的是法庭上的一幕，她迎着走进法庭的女孩儿时，眼里顿时荡起欢喜的神情，但女孩儿冷若冰霜，甚至不朝她看一眼，她终于还是站到了她的对立面，成为厌弃她、唾骂她的那群人中的一分子。指认罪犯时，女孩儿表情严肃，手势简洁有力，一副受害者的义正词严。她那挥起指认的几乎不是手臂，而是一把径直插进女魔头心口的刀子。

成长有时候，如同一个转身那么容易，但撕开硬茧拿出来的一颗心，却再也塞不回去了。

杯酒人生

酒可以醉得很有趣。

《我的野蛮女友》里面，野蛮女友的出场令人难忘，一头长发，高挑的身材，以相当危险的方式摇晃地站在地铁旁边。牵牛看不下去，过去拉她一把，她朝着他，也朝着观众扭过头来。眼神儿是凶的、摇晃的、绝望的，既像死死地盯住了目标又像什么也没看见。当然了，同时也是让人忍俊不禁的。年轻漂亮的女孩子本来就赏心悦目，年轻漂亮的女孩子喝醉了酒，简直变成了一出好戏。

牵牛的目光无法从这出戏上移开，他太年轻，不知道好奇有时候是非常危险的，足以把自己陷入麻烦中间。野蛮女友醉得厉害，但本性却刚露端倪，扬手一耳光把一个不爱让座的年轻人打起来，安置一个老人坐下，好人好事儿刚过了几分钟，就把自己胃里的东西吐到了老人的头发上。她在摔倒前朝牵牛摆了摆手，一声“甜心”把他变成了这出好戏的男主角。

牵牛从地铁出来，本来是有机会把野蛮女友扔在地铁站的长椅上，任她自作自受的。但他就像阻止不了自己的好奇心一样，他同样拿自己的心太软毫无办法。他又回到她身边，把她背上身，从这一刻起，他再也没有把她放下来过。

他们去酒店开房，不是偷欢，而是无处可去。但牵牛仍然要付出代价，他花了钱，花了力气——野蛮女友虽然苗条，但重量也不容小觑——结果却被怀疑图谋不轨而抓进了监狱——他很快会发现，监狱这地方他也会再来的，只要跟那个女孩子搭上关系——出狱后，他们第二次相见，女孩子痛扁了一顿两对不怀好意的成年男人和两个不学好的不良少女后，几杯酒下肚，痛哭失声，擦脏了牵牛的手帕后，再次醉倒。牵牛只好故技重施，背着她再次到旅馆开房。他们认识了不到三天，但有两夜是一同度过的。

这是一部很搞笑的爱情片，后来我们知道，野蛮女友的所有野蛮、疯狂、毫无道理的行为，根源在于痛失所爱。内部的伤痛越尖锐，外部的动作便越夸张。而牵牛所有的忍耐、顺从、毫无原则的迎合，则是因为爱屋及乌，爱得深沉，却又不着痕迹。他其实并不像外表表现得那么没用，正如野蛮女友在野蛮的硬壳下面，拥有最温柔、纤细、绵长的深情。

他们在地铁第一次相遇时，就是为了认识对方而导致的，几年以后，他们在地铁上错过，又恰恰是为了再次相见。

苏联著名的导演梁赞诺夫的《两个人的车站》《办公室里的故事》在中国家喻户晓，他还有另外一部同样出色但流传不多的电影《命运的捉弄》。莫斯科外科医生卢卡申在新年即将到来之际被女友暗示，应该向她求婚，他一时紧张，把自己以前曾经向一个女友求婚，然后又深感不安，后来逃往列宁格勒的事情和盘托出。后来他向女友求婚，并且得到准确的答复，两人相约几个小时后共同迎接新年。女友离开后，卢卡申和另外三个朋友去浴室洗澡，这是他们迎接新年来临的传统，在洗浴中心，他们为了新年为了卢卡申的即将开始的感情新征途喝醉了酒，不省人事的卢卡申被另外两个朋友误送上飞机，飞到了列宁格勒。下飞机后，他打了出租车，告诉司机自己的家庭住址，被送到了和自己家一模一样的大楼里，他用钥匙打开了房门，巧合的是，这户人家和他不只拥有一字不差的地址，而且也是新搬的家，连家具的牌子都是一样的，甚至也是和妈妈一起生活。只不过，这房子的主人是位女郎，同样巧合的是，娜佳和卢卡申一样，在新年来临之际，准备跟男友共度良宵，而那个男人也同样是准备在这个夜晚求婚的。

娜佳外出之后发现自己家里多了个男人，只穿着内裤，在沙发上醉得不省人事。她费了九牛二虎之力才终于弄明白事情的原委，他们啼笑皆非，但来不及处理任何事情，卢卡申甚至连穿上裤子的机会都没有，娜佳的男朋友就上门了。

卢卡申和娜佳与牵牛和野蛮女友不同，他们的年纪更大，更成熟，更世故，也正因为如此，他们陷入的麻烦也更曲折，他们都对婚姻有恐惧心理，都是下了很大决心才决定迈出这人生重要的一步，但两对恋人的恋情——表面上因为酒精，因为建筑的相似，因为不同城市相同的街区名称这一系列微不足道的原因，实际上是人与人之间的怀疑——毁掉了。有意味的是，在爱情的碎片里面，新的爱情——在卢卡申和娜佳之间——滋生了，冤家对头堕入情网，影片的结尾处，卢卡申伤感地离开列宁格勒，几个小时后，娜佳飞到莫斯科，找到对她而言再熟悉不过的地址，用自己的钥匙打开了卢卡申的家门。

前面的两部电影都是喜剧片，酒在这两部片子里，是液体红娘，把野蛮女友和卢卡申蛰伏于内心深处的伤痛和隐忧激发出来，嬉笑怒骂，耍宝搞怪，进而歪打正着，惊喜连连，有情人终成眷属。

酒是喜悦的，也是悲情的。和喜悦比起来，悲情可能来得更深沉。

在电影《离开拉斯维加斯》里面，酒的味道扑面而来，如果是全息电影，只怕观众看到最后，都会醉倒。这是一部灰色电影，它的成分细分起来无外乎三部分：酒、性和暴力。由尼古拉斯·凯奇扮演的失意剧作家本事业滑坡，婚姻失败，沉浸在酒精中不能自拔。被公司解雇后，他带着所有的钱来到拉斯维加斯，一心求死。他在这里遇到了妓女莎拉。莎拉从很小的时候便被皮条客控制，每日随波逐流，对未来毫无希望。为了驱逐空虚感，本买了莎拉的钟点，但并不是为了寻欢，而是想和她依偎在一起，用体温温暖彼此，边喝酒边诉说自己的生活。这一夜，本的孤独和温情，唤起了莎拉久违的柔情，不知不觉间，情愫暗生。后来，莎拉的皮条客被人杀死，她获得自由后，发觉自己变得更加孤独了，暴力虽然令人恐惧，可暴力中的伙伴关系竟也是她珍惜的。莎拉把本接到自己的家里，两个失意、孤独、寂寞、绝望的人，互相体恤，也在不经意间彼此伤害地度过了一段日子，最后，本在一家旅馆里面，如他所预计（或者也如他所愿？）地醉死了，在临死之前，他找来莎拉，表白自己的爱情。一对情人在最绝望的谷底相遇相知相爱，整个影片充盈着浓烈的忧伤气息，酒在这部影片里面是以毒药的形态出现的，它们一刻不停地出现在本的手中，不断地倒进本的嘴里，一杯一杯地，从本的身体里面取走他的生命。而莎拉只能眼睁睁地看着，无计可施。本在绝望中陷入得太深了，爱情已经无法挽回他迈向天国的脚步。

这部影片中，尼古拉斯·凯奇那张忧郁、温柔的脸，以及总是充满诗意的目光大放异彩，非常夺目，他对酒的执迷，让人想起皮皮小说里的一段描写：“得先在理论上重新认识喝酒，把它当成享受才行，你得慢慢喝，别忽视步骤。刚开始喝的时候，你和酒还是陌生的，喝过两杯之后，你和酒互相安抚，你抚摸酒杯，酒在肚子里抚摸你；接着再喝，你开始软了，好像倒在了酒里。这时，你害怕没有酒了害怕酒会离开你，但你还有酒啊，所以你继续喝，你会感到身体变轻了，变软了，觉得自己能把自己折叠起来。那些烦你的东西都飞了出去，你什么都不在乎了，因为你觉得自己什么都没有了，像个贫穷的章鱼，只剩下柔软……”莎拉的扮演者伊丽莎白·苏也演技不俗，她的脸初初一看有点儿像莎朗·斯通，但细看，她的线条比莎朗·斯通更柔和，也更无助。这部电影的另一个亮点是音乐，一个男人的歌声贯穿了电影始终，歌声直白优美，如诉如颂，歌词仿佛一首首被读出声的诗，它们从电影的灰色中间流动闪烁，像爱情从本和莎拉的绝望中发出光彩一样。

和前面几部电影比起来，《杯酒人生》理智得像个哲学家。但这部电影仍然拥有好看的故事。迈尔斯和杰克是一对大学时代的好友，在杰克结婚前一周，他们相约去加州葡萄园，找找乐子，而所谓的乐子，对迈尔斯而言，是喝美酒、吃美食、看美景、打高尔夫，对杰克而言，是找女人上床。

他们遇见了两个女人，玛雅和丝黛芬妮。丝黛芬妮和杰克一样，感情炽烈如火，不同的是，丝黛芬妮对待感情是认真的，有爆发力的——她可以很快地跟杰克好起来，也可以在发觉被欺骗后大打出手——杰克是个对感情毫无原则可言，一味寻欢作乐的男人，他很会勾引女人，屡屡得手但也付出了代价。杰克和丝黛芬妮短促的情感关系像夏天的雨，来得疾，电闪雷鸣一阵，便又雨后天晴，回复到原来的状态。正如丝黛芬妮酒厂出的某个品牌的酒，看着好看，但口感却是“空洞、臃肿、华而不实”；玛雅和迈尔斯则是另外的类型，他们都有过失败的婚姻经历，也都属于内敛、品位高雅的人，目前的生活虽然不尽人意，但只要信念坚定，必然会迎来人生的神奇时刻。他们是通过品酒互相了解的，迈尔斯如同加州葡萄，“皮薄、脆弱、成熟得早，生命力不是很强，需要特别的照顾，只能生长在某些地方，只有最有耐心的人才能把它养活，发掘出它的潜力，而一旦葡萄酿成酒，它的香醇久久不散，让人回味无穷”。而餐厅服务员玛雅开始的时候是让迈尔斯不屑一顾的，但他发现她不仅是园艺学硕士，而且是个品酒行家，深谙其味，“我喜欢沉思酒的人生，生命是多么神奇，我喜欢去想，当葡萄生长时，阳光如何照耀，我喜欢看酒不断地改变，今天打开的一瓶尝起来和任何其他的都不同，因为一瓶酒也有生命，随时在改变，变得更深沉。”

在《杯酒人生》这部电影里，酒不是错误的通行证，不是搞笑的酵母，也不是颓废、绝望的拐杖，在《杯酒人生》里面，酒就是酒，有生命，有情感，酒是这部影片的主角，和迈尔斯、杰克、玛雅平起平坐，在某些时候甚至更高一筹。

在影片的最后，杰克结束了艳遇，又通过制造小事故隐瞒了艳遇后，心满意足地娶了富家女，做了豪门的乘龙快婿；迈尔斯与玛雅的感情则在半年以后，修成了正果，他发现，她对他的理解并不比对酒的理解差。他也预感到，与爱情同时到来的，将是他生命中的巅峰时刻。

成长教育

一部非常好的电影。所有高中及大学女生都不应该错过的电影。或者我们也可以说，这是一部初恋电影，只不过，《那些年，我们一起追的女孩儿》是浪漫主义，而《成长教育》相对而言是现实主义。

女主角，珍妮，出场时十六岁，青春期正如火如荼。她出身中等家庭，不富裕，但也过得去，作为一家之主的珍妮父亲，处世的中心思想是攀爬上某种更高等的生活，但他的见识又不足以明确更高等生活的具体内容以及内涵，于是，他选择了简单直接的方式——让珍妮先考上牛津大学；两点一线的生活，另外一端是严格刻板的女子中学，珍妮成绩优异，出类拔萃，她的高智商和努力使得她在学生中间一览众山小，但无可否认的是，知识的增加跟生活的枯燥，令人沮丧地成正比。事实上，珍妮在突破生活局限上面做出了努力：她在青年乐团拉大提琴——懂一门乐器也是其父觉得考牛津时，她应该有个拿得出手的兴趣爱好——跟乐团帅气天真的小提琴手关系亲密。

但，所有这些都是不够的。青春期，刚刚发育成熟的身体，雌性激素像肥皂泡泡，五彩缤纷，花朵似的胀满花园。这个年纪，渴望生活里能来点儿“真格儿的”，不是隔岸观火，不是雾里看花，而是实实在在，真刀真枪地发生点儿什么。

于是就发生了。

珍妮在雨天等公交车时遇到个男人，大卫。开着时髦的新款车，彬彬有礼，博学多才，幽默友好，他看着她的样子从一开始，就是男人打量着女人——那些关注、欣赏、试探，以及引诱，统统打了异性标签。

他的追求几乎是立刻就开始了，她参加演出时，他送花篮给她。他们再次邂逅时，他邀她去听音乐会。大卫魅力十足，他的多金、殷勤、热情、和善，使得珍妮原本沉闷呆板的家庭里面，突然迸发出激情和活力，他人坐在珍妮家的客厅里，在珍妮父亲母亲的眼中，却无异于成真的梦想。他们在这个仿佛金光闪闪的大卫面前失去了抵抗力，任由他用虚假、漏洞百出的借口一次次地把珍妮带走。

珍妮同样对大卫没有抵抗力。在他们交往过程中，大卫在她面前拉开了一道门，门后面，音乐、绘画、美酒、良宵，所有曾经遥不可及的高贵奢侈，借由这个男人的牵引，变得伸手可触。

他让她见识、并享受，什么叫作纸醉金迷。

他带她去了牛津。他们，以及另外一对，男人和大卫一样，风度翩翩，见多识广，艺术修养极高；女人则是地地道道的花瓶。四个人，靓男美女，锦衣华服，相形之下，牛津的天之骄子们——珍妮长期以来渴望成为的人——如此黯淡、平凡、甚至很可笑。难怪大卫那么自信满满地告诉她："我读的是社会大学。"但也正是这次旅行，大卫完美无缺的面具露出了破绽，他不是什么名门望族，他跟同伴，其实是利用交际魅力从老实诚恳的人家手里巧取豪夺艺术品和房屋的骗子。

这次发现是珍妮的机会。逃离欺骗、逃离虚荣、逃离堕落，重新变回原来那个勤奋好学有理想的女生，可理想刚刚在珍妮眼里失去了光芒，而金钱的华彩仍旧耀眼，物质跟精神的斗争向来少有失败，珍妮接受了大卫的强词夺理，她知道自己在堕落，但她远远不知道——至少当时她不知道——堕落的代价。

珍妮过十七岁生日时，大卫带她到了巴黎，免费午餐总有结账的时候，珍妮这样的女生，只能用自己来付账单。而春雷一响，万紫千红，失控是在所难免的。珍妮毕竟是珍妮，优等生换哪种方式都是优等，她作为女人的魅力让大卫紧张、嫉妒，非用戒指套牢才能安心；珍妮有了大卫这个背景，有了戒指撑腰，跟学校的矛盾也来了个总爆发，她离开了学校，走自己的路，让别人说去吧；珍妮的父母为女儿不用考入牛津就修成了"正果"，庆幸欢喜。

有情人即将成眷属，魔鬼的爪子也到了把最后一块盖头掀开的时刻了：大卫根本是个有妇之夫，他的家离珍妮家不远。所以，他们相识；相识之后，再邂逅。

所以。

光芒一夜之间回归本来面目，焰火燃尽，灰烬是如此苍白虚弱，丑陋不堪。大卫甚至不只是有妇之夫，他还是孩子的父亲，而他的外遇也是层出不穷的，珍妮连做个小三都是N分之一。珍妮的初恋曾经像只手，牵引着她，把她变成公主，变成皇后；珍妮的初恋还有另一只手，耳光响亮，把她打回原形，水晶鞋消失了，珍妮的脚踩在地上，从此将是羞辱和悔恨的交错前行。

珍妮什么都没有了。但珍妮毕竟是珍妮，优等生毕竟是优等生。才华和学识是她的魅力源泉，也是她重新来过、把牛津之树再度种回自己理想国的本钱；当然她会成功，因为这是拍电影，在电影里，珍妮蜕变，摆脱了自己的初恋。她变成了牛津大学里面的一小滴水，她找的男朋友不再是珍珠，而是和她一样的水滴。男水滴邀珍妮重游巴黎，她让自己像初次经历那样，处处惊奇，惊喜。这个电影最终执拗地给观众留了个光明的尾巴。这个尾巴就像彗星尾巴，灿烂虽灿烂，但燃尽可怎么办呢？大卫的谎言有戳穿的时刻，珍妮的谎言呢？

所以，这注定是个悲伤的故事。是不思量，自难忘的故事。是午夜梦回，被某种尖利的痛刺醒、再也无法入睡的故事。

而成长，总难免如此。

感情的事

那并不是一张能让人频频回首去看的脸，在走动之间，那个女人很容易被人忽略。如果不是镜头死死地对着她，她很快就会混入人群中间，变得面目模糊。

男人也跟她是差不多的类型，冷眼一看没什么特别，有些懒洋洋地站在那里，对什么都没什么所谓的模样儿。

她来接妹妹，他呢，是来接未婚妻。第一次在机场见面时，他们并不知道他们接的是同一个人，只是，觉得对方有那么点儿……怎么说呢，有那么点儿微妙。不多，时间长了就抹掉了，如果他们不再见面的话。

女人的妹妹——同时也是男人的未婚妻——临时有事没赶回来，找房子预备结婚的事情就落到了姐姐头上，反正她是家庭主妇，平时也没多少事情做，丈夫忙着一个新的设计，儿子刚好参加了学校组织的夏令营。他们第二次见面是在咖啡馆，外面下着雨，他来晚了，她不急不忙、不愠不恼地等，咖啡喝完一杯又换一杯。有什么好急的呢？反正回家也是一个人。终于有一个男人站到了她的面前，叫她的名字。

是你吗？

她说是的。

电影名字叫《情事》。是很平常很平淡的口吻。讲述一件再平凡不过的事情的意思。当然，事关感情。两个人都不是鲜亮醒目的类型，但两个人都耐看，可能因为会用眼睛说话的缘故。女人的行动是电影推进的线索，她在冷灰色调的家里做简单的家务，她去看望生病的父亲，她陪着妹妹刚回到汉城的未婚夫租房子。她的生活是安静的，安宁，用她自己的话说，每天走同样的路线，见同样的人。

相对而言，他的棱角倒是分明的，在国外长大，心灵没有很固定的家园。他的气质与其说是傲慢，还不如说是无法与环境沟通造成的隔离感。他的视角也因此变得有趣起来。有一次看房子，房门上有一张画，他揭掉之后，发现画下面是一个拳头大小的洞，他跟她讲，这房里原来住着一对情人，女人发脾气时在房间里锁了门，男人叫门叫不开，就用额头一下一下地往门上撞，结果就撞出了这个。

他们在一起看了三处房子，彼此也在看着彼此。她看他，一个内向的男人，偶尔会露出很调皮的一面，他也看她——如果光线合适的话，她看起来相当年轻——那么瘦削、娴静，无论如何努力也无法让她和“性感”搭上边儿，但她身上有一些能让人深陷、沉迷下去的东西，像一个湖。他不能在这个湖里游泳，不能任意妄为，但他忍不住，想往湖里扔一块石子，或者用手撩一下，让水面泛起一些涟漪。他见多了金发美女，见多了热情奔放，她的沉静把他镇住了，他想知道她能否被打动？能被什么东西打动？一个不小心，他自己变成了那颗投到湖心的石子。

她没想到自己会在这个时候恋爱，三十八岁，有丈夫，有儿子，更别说是爱上自己妹妹的男朋友了。可发生了就是发生了，所有的匪夷所思都变得自然而然。她从家庭聚会中溜出去见他，幽会之后又偷偷溜回到聚会中去，若无其事地和其他女人们一起看电视。她因为他想与她共度一夜的请求，清早离家，跟他去乡下。她吃自己妹妹的醋，那是她唯一一次失态，与自己共度良宵的情人在接别的女人的电话……她是她妹妹，也是别的女人。

先是她丈夫觉察到她的变化，然后她妹妹也回来了。秘密的恋情被两盆冷水兜头泼了过来，她决定跟他分手。但他已经走不了回头路了。他在她面前哭了，说她冷酷，竟然连眼泪都没有。她并不是没有，只是他没见到罢了。所以他并不坚持一定要带她私奔，正如她所说的，她的丈夫和儿子是她生命中的一部分。但他告诉她：

“有一天你会老，没有人会在乎你，有一天你会病，会死，到那时候也没有人握着你的手，说他爱你。”

他不知道他的话打动她了，可能她自己最初也没想到。但他的话像种子落进了她的内心，并且发芽、长出枝叶来了。她的父亲刚刚过世不久，他的一生就是不快乐的，死的时候也不快乐。他曾经告诉自己的大女儿，如果遇见所爱的人，不要考虑别人，只考虑自己就行了。

她跟丈夫道歉，说要离开。语气淡得就像谈柴米油盐，临走时她送儿子上学，也没有一点儿煽情的动作和语言。她带着简单的行李离开了。十几年的生活，在她身后砰的一声关上了。这时候，有点儿明白那个比她小十一岁的男人为什么对她一见钟情了，到底他是在电影里面，比观众离她更近，自然也比观众更早地发现了她——冷冷的外表下面，埋藏着一簇燃烧的火。

她走了，他也走了。

他们坐在同一架飞机上，暂时还没有发现彼此，不过很快就会发现的。

不知道导演是怎么想的，安排了这样一个结尾。本来还以为是一个《廊桥遗梦》式的结尾呢，那样虽然别扭，但似乎更合理。当然了，对感情的事情而言，合理是一个特别混蛋的说法儿。记得以前古龙谈到《神雕侠侣》，说起杨过和小龙女的爱情，杨过爱小龙女，爱得不顾一切，没有条件，既不管小龙女的出身和年纪，也不管她是否被人玷污过。而小龙女并未因为自己的年纪比杨过大，又被人玷污过，就自觉得配不上杨过，把他转让给郭襄之类的。所以他们的爱情故事好看。

《情事》里面这两个人的爱情故事也是好看的，和《花样年华》里面的两个比起来，香港的情与爱是一杯浓香咖啡，眼前的这一对则是一杯淡茶，但他们显然更舒展，连痛苦也是坦荡荡的，不像《花样年华》那么扭曲，也不像《廊桥遗梦》那么故意煽情。他们的爱情色彩清淡，连衣服颜色也是非灰即蓝。也可能是太清淡的缘故，反而引诱着人们往内心的胡同里走走，试图找到一点儿东西。

并非没有那种东西。那是题外话。电影里面讲的是一桩和感情有关的事情，只跟感情有关。

他们讲得很好。

寄居蟹的好日子

这个男孩子，尼基，很早就意识到了自己色相的魅力。他在情场上所向披靡，万千宠爱，让他有理由觉得，他的美貌俊颜不啻为一顶王冠，注定要让全世界在他面前拜倒。尼基自信满满地来到洛杉矶，目标是成为模特儿，住豪宅，开靓车，跟美女谈情说爱。但到了洛杉矶他才发现，像他这样的年轻人，平均每个月涌到这个城市里来的，不下三万。

年轻没有失败，年轻也没有气馁。事实上，他基本实现了自己的梦想。住豪宅，开靓车，美女走马灯似的换。只不过，他享受这一切，不是以主人的身份。

尼基擅长情色之道，手段娴熟，收放自如。他挑选事业有成、多金的中年女人，引诱她们，让她们心甘情愿地敞开大门，把他这只寄居蟹请到家中，他吃得好，穿得好，趁女主人不在家的时候，还可以冒充主人开开派对，卖弄自己的境遇，勾引年轻女孩子。一段时间之后，他对寄生的女人感到厌烦，这就意味着，到了寻找新目标的时候了。

“你对这些女人都说些什么？”他的初恋女友问他。

“你为什么这么问？”他反问她。

“等到十年以后你给我打电话，孤独又悲惨，我就能告诉你你是如何走到那一步的。”

尼基没拿这些话当回事儿。他顺风顺水，又勾引了一个金发女律师，住在一个大师设计的堪称艺术品的豪宅里，开着奔驰车出出进进。他背着女律师开派对，跟别的女人上床，但就连这些事件也没能影响他的寄居。优渥的物质生活像糖浆或者蜂蜜一样，金色、甜蜜、慵懒，他在其中浸泡着，风和日丽。

有一天，他在一家小店里碰到了女侍应海伦，她年轻、漂亮、骄傲，还有股冲劲儿。尼基被深深吸引。就像雄鸟为了雌鸟的爱情上蹿下跳，他对海伦亮出了所有绚丽的羽毛：豪宅、奔驰车，尽管这些羽毛并不真正长在他自己的身上。

尼基终于遇到了对手，海伦不像别的女人，在他的柔情蜜意面前毫无招架之力，恰恰相反，她成了他们之间关系的主导人，有条不紊，节奏匀称，让他欲罢不能，他意识到她谎话连篇，也发现了她虽然被他亮出来的羽毛吸引住了，但与此同时，还有更多别的雄鸟也在对她大展羽翼。

他们是同类。青春加上美貌，使他们很早就开始变得任性自私，满嘴谎言；他们伤害了别人，但从不以为然；贪图享乐，不择手段；面容年轻，身体柔软，心却硬得像块石头。他们清楚，漂亮皮囊是最有效的诱饵，钓一个不劳而获、金光闪闪的未来，全靠它。

因为海伦，尼基在女律师面前撑不下去了，他既主动又被动地告别了寄居蟹的好日子，寄居到了海伦的家里。

出于同道的惺惺相惜，尼基帮助海伦钓大鱼；垂钓的同时，他的心情起伏不定，“出来混，总是要还的”，尼基现在知道被人冷落、遭人背叛是什么滋味儿了，他们仍旧拥有青春和美貌，仍然满心满怀的梦想和贪婪，但一不小心，他们之间产生了爱情。真爱对他们而言，是个新鲜东西。身体彼此贴近，灵魂却惶惶不安，对他们而言，脱下伪装和没有谎言的生活，竟然是伤感和忧郁的。真爱还原了他们生活的本来面目，不乏美好，也不乏贫困和平凡。

以前撒出去的网，有了回报，有人向海伦求婚了。谎言和真实同时出现在她的嘴巴里，更多的矛盾和挣扎纠结在她内心深处。她爱尼基，但他“没钱，没工作，没计划”，他未来身后的影子，注定是穷酸的，而她习惯的却是奢侈和享受。

挫败令人成长。尼基开始反思自己的生活，他知道过去的路走错了，他想改过，想跟海伦共创未来。但海伦不愿意，物质生活纵然会像树脂困住飞虫一样，把她困在其中，她也宁愿成为这块琥珀，光鲜、贵重。

在电影结束时，尼基仍旧留在洛杉矶，这个让人梦想也让人梦碎的地方，他的新职业是送外卖。他去女律师家，发现她又有了新的寄居男。

对于未来，他还没什么更好的方向，但至少，他现在是脚踏实地了。谁知道他走着走着，会碰见什么。扮演尼基的演员阿什顿·库彻，没有哪出戏真正让人记得住的，他跟戴咪·摩尔相差十五岁的姐弟恋倒经常成为娱乐版面的头条。阿什顿一度被认为是戴咪·摩尔名气的寄居蟹，但日后谁寄居谁，当真不好说了。

电影的名字叫《Spread》。是“蔓延”的意思，就像植物的触须，水袖般伸展着，也许钩到高楼深院，也许钩到寂寞清秋。

蓝　色

突然之间，茉莉什么也没有了。

丈夫还有孩子，死于一场车祸。茉莉也在车祸当中，但她是幸存者。茉莉三十三岁了，不年轻，但也不老。也就是说，她还能输得起，但损失惨重。悲剧发生后，茉莉呈现在别人面前的，经常是一张没有表情的脸。她的老仆人流泪时，她还追着问她，“你为什么哭？”仆人的回答令人动容，“因为你不哭。”

茉莉想把过去全部割断，这样也对，既然失去了，就越彻底越好。她让人把蓝色房间的东西都拿走，结果，还是留下了一盏灯。用蓝色的串珠穿成的灯，那些珠子晶莹剔透，流光溢彩，让人没法儿不联想到泪珠。茉莉不想怀念，失去了就是失去了，就如同河水的流逝。而怀念似乎比水草还要顽固，河水流走了，可有些东西还留在水草里。有一天河水干涸了，草也可能是最后留在河床里的东西。

生活是没有办法割断的，像那盏遗忘在房间里的灯，像那些珠串。茱莉意外地发现了丈夫的婚外情。在爱人死后，发现他的背叛，这样的事情真是让人不知如何是好。那同样是一个漂亮的女人，气质高雅，两个女人在洗手间里见面，茱莉发现丈夫的情人怀着他的孩子。那一瞬间，她们共同爱过的男人又活过来了，活在她们中间，让她们彼此之间产生复杂的感情，爱、恨、嫉妒，以及忧伤。后来，茱莉把漂亮的老宅子送给了这个女人，更确切说，是给她肚子里的孩子。那个孩子是她丈夫生命的延续，理应由他（她）来继承遗产。

这部取名为《蓝色》的电影，很用心良苦地表达了一个女人的忧伤。和绵密的忧伤比起来，爱是丧失了理智时、燃烧般的倾情出演，恨则是从灰飞烟灭中激扬起来一种的情感，简单，轻率，意气用事。只有忧伤，能像挥之不去的气味儿，在人们以为已经把它甩掉的时候，变得空前浓烈起来。

最近我总是想起这部很久以前看过的电影，茱莉失去了丈夫和孩子，我失去了一个朋友。茱莉是在电影里，而我在现实生活中，我们心中的痛苦，谁比谁更深刻？！

发生了意外事件以后，接下来总是一段可用“空白”来形容的日子，如果这段“空白”有颜色，那么，我得说，它是蓝色的。

朋友死了。我从没想过她会这么匆匆地离我们而去，她原本是一个非常周到细致的人，这一回，连句告别都没有。

我和其他朋友谈起这事儿，我希望当谈话结束时，我会忘掉这些不幸。因此在诉说的时候，我努力把自己变成一个局外人，像我的听众一样为一个年轻生命的意外离去唏嘘一番、感慨一番，然后，遗忘往事。第一次不行，我又试了第二次、第三次，还是不行。就如同一个水果，从我的诉说中消失掉的只是果肉，我的听众最后总是忘记把果核带走，它梗在我心里，小小的，尖利的，坚硬的。

我决定把她的故事写下来。为了忘却的纪念。坐在电脑前面时我很平静，就像眼前的屏幕是一个神秘的档案馆，我认真地记录她的故事，帮她在档案馆里安家落户。我写着写着，忽然发现用文字掩埋她的想法是不可能实现的，在那些文字中间，她的身影非但没有被模糊掉，反而像被打上追光一样变得清晰、明亮起来；那些夜晚我无法睡觉，光着脚在地板上走来走去，趴在窗台上眼看着黑暗像一只硕大的夜鸟，飞离了我的视线，从巨大无边的翅膀下面，露出了蓝蓝的天空。那么纯净，仿佛没有一丝污染的忧伤。

生离死别。对某些人来说，那不过是道门槛，过去了就过去了，可对另外一些人来说，那道门槛像万里长城。独自一个人迈那些石阶，一级又一级，是没有尽头可以期待的。

苏童写过一个关于七仙女和董永的小说，一开始时是七仙女爱上了董永，从九重天上走下来，小说结束时，七仙女遭了董永的抛弃，独自回到天上。董永还在人间，他并不认为自己有什么不对，七仙女再好，也是个不能生孩子的女人，不孝有三，无后为大啊。他当然得娶一个能生孩子的女人。可他偶尔也会抬头往天上看……九重天啊，真不知道七仙女要走多少年，才能一步一步走回去。

朋友也是一样，她遇祸的那几天，是去年冬天贝加尔湖第一场寒流来临的时候，现在，九个月过去了，我们无从知道她在另外一条路上走了多远。只能像董永一样私自思忖，独自一个人走那么远的路，想必，是会寂寞的吧？

冷饭的一种炒法

看完了电影才发现，是麦当娜导的。

一开始，是奔着温莎公爵的爱情传奇去的，想看看这段“爱美人不爱江山”的华丽故事，是如何一针一线缝绣而成的。但除了一堆日常用品外，没看出这段爱情故事有什么特别的，换言之，这个老瓶子里没倒出什么新酒。

不得不说，麦姐很努力地往外挤新料，吃奶的劲儿都用上了。她铺设了一条现代的线索跟温莎公爵的爱情传奇相对照，两条线索的接合点是一位现代女孩子很迷恋温莎公爵这段爱情传奇，对温莎公爵夫人沃利斯有着病态的好奇和欣赏，她整天在温莎公爵日用品的展览馆里溜达，通过那些桌布、酒杯、留声机、首饰、服装，等等一干琐碎物件，与沃利斯隔着时空交汇，对话。在她臆想的一次对话中，沃利斯委屈地说，“世人都讲他为我牺牲了什么，没有人想过，我为他牺牲了什么。”

想必这便是麦姐找到的奶汁之一滴。颇有女权主义色彩。但在整个电影里面，除了沃利斯处心积虑地讨好爱德华八世，使他最终迷恋上自己以外，没看出她有什么个人精神。她贪慕虚荣，熟谙驭男之道，在朋友离开的时段，成功诱惑了国王，这样的女人，突然发出诘问，“没有人想过，我为他做了什么？”

简直莫名其妙。

麦姐把现实版的女人弄成个不折不扣的恋物癖，她还是个婚姻寄生物，嫁了个很有声望的医生，却时时刻刻生活在他(也许有也许没有)的外遇阴影下面，她跟展览馆的看守情愫暗生，为了怕地位悬殊，麦姐把这位看守弄成了知识分子，而这位知识分子看守之所以对这个女人有兴趣，是因为她长得跟他死去的妻子一模一样——

太扯了吧？！

还有更扯的。

那个女人在拍卖会上买了温莎公爵夫人的几副手套。她那副样子不像是被手套征服，而是为了证明自己的虚荣心，竞拍方式几近弱智。回家之后，面对老公的指责，她率先发作，跟老公打起来，家暴的结局当然是女人比较吃亏，而这，又顺理成章地成了她投入知识分子看守怀抱的理由。

这个剧本最早是麦姐自己写，但写来写去写不成，只好找帮手，但如果不是帮手太差的话，显然，麦姐被自己的弱智迷住了。或许她以为自己身上有巨大光圈儿，信手拈来什么杂烩都能化腐朽为神奇、光芒万丈？！

当然，说这部电影从头到脚，哪个细节都愚蠢可笑是不公平的，这部电影至少从美术上，值得肯定的地方很多，但这些华彩毕竟是点缀，作为艺术作品，思想和深度的缺陷不是化妆打扮能弥补得上的。正如那句英国谚语所言：“每朵乌云都镶着金边。”这部电影的失败，给下一部诠释温莎公爵爱情故事的作品留下了空间。

两次踏进同一条河流

这个故事看上去像假的，却是真人真事。

当然，变身电影作品时，总难免加入必要的浪漫元素和催情剂，但这个故事自身的戏剧冲突已经足够强烈——

一个女人遭遇车祸，丧失了五年的记忆。五年之内她生活中所有重大的事件：与家人亲情关系撕裂，从法学院退学，恋爱，结婚，这些大起大落，大悲大喜，统统变成了空白。

戏剧性这种东西，站在观众的立场上，是又惊又喜，进而拭目以待；身为当事人，却无异于旧瓶里面的美酒突然变成了醋精，每一口落在舌尖，酸甜苦辣咸，难免要感慨造化弄人的。

五年被意外漂白、融化的时光，把这对年轻夫妇置于这样一种情境：一个是火焰，一个是海水。

老公，里奥，仍旧延续着新婚夫妇的浪漫、温馨轨道，一团热辣地想把丢失的那块记忆补丁找回来，把原本美好浪漫的生活重新拼凑起来；而妻子，佩吉，面对的却是完全陌生的男子，这个丈夫仿佛从平地钻出来，或者从天上突然掉下来，他，就像诡异的时光胶囊，装着她的婚姻和艺术事业。

她无法否认时光胶囊里的东西，在在处处，它们的痕迹鲜明清晰，不容置疑，但她又无法接受这些东西，因为她不曾——至少是不记得——染指过。有意味的是，消失的五年生活，恰好是佩吉人生最激烈蜕变的时段，而凭空而降的车祸，上帝两根手指一捻，这个时段被碾成了碎末。

佩吉置身于一片空白中间，在家庭的现实关照和虚缈的婚姻生活之中纠结、挣扎，她像所有这种情形下的人所能做的那样，回归最熟悉的轨迹，试图在亲人、前男友、朋友中，破解消失的时光的秘密；里奥也在纠结、挣扎，车祸硬生生地截断了他的生活，他不能放弃过去，但所有他努力搭建的、联结新旧生活的桥梁，开始时总是充满希望，但最后总会以豆腐渣工程的破裂而告终。

这部电影的编剧不是一般的好。佩吉和里奥的心理起伏、转折，每一笔都丝丝入扣，让观众简易直白地看到：生活，哪怕是最平凡的，也自有其无与伦比的价值。那些“假如生活能重新开始——”的说法，是多么天真可笑。

佩吉最终回到了五年前的自己。这是她必须做的，而且也是正确的——脚踏实地；她天上掉下来的老公里奥是个相当不错的男人，但对她而言，他代表着虚无，不管他多么令她感动，浪漫，但生活总是要一脚一脚地往前走才对，就像饭，必须要一口口地吃。

里奥也从某种程度上获得了解脱。有遗憾，当然。但生离，总归比死别容易很多。更何况他们还年轻，谁知道未来会有什么呢？经历了这种变故的人，生死、命运，对他们而言，可不再仅仅是个单词。

有意思的是，佩吉一旦决定完全回归自己——哪怕是五年前的——她很快就找到了自己。她找到了当年离家出走的理由：她父亲跟她最好的朋友婚外情暴露了；她回到法学院，在枯燥的词条中找回了艺术感觉；她的前男友结束了现有的情感关系，想与她重续前缘，但她拒绝了，正如当年；她也最终抛弃了法学院，重新做回艺术家；她跟老朋友又重新变成了朋友；这个电影最闪亮、最众望所归的结尾当然是，她去找里奥，他们重新谈了一场恋爱（真人版那个，他们又结了婚，还有了两个孩子）。

两次，她踏入同一条河流。

瑞秋·麦克亚当斯——佩吉的扮演者——是好莱坞实力派年轻女星，最近几年，作品不断，在《大侦探福尔摩斯》里面亦正亦邪，靓丽美艳地露了几手；在《早间主播》，电影品质可能也部分地影响了她的表现；《时间旅行者的妻子》和这部《誓言》，对她的演技是个强有力的证明。她算是那种天生该吃演员饭的女星，心理细节处理得婉转、准确。

里奥的扮演者查宁·塔图姆，之前只看过他演一个杀手的电影，虽然是配角，虽然毛手毛脚，但像当年《末路狂花》里面布拉德·皮特的短暂出场令人惊艳一样，拥有明星特有的诱惑力和说服力。

这两位演员组合在一起，把一个真实的故事演绎得梦幻气质十足，正如誓言本身，内在很骨感，但一出口就如雾如烟。

有必要申明的是，《誓言》并非一部完美无缺的电影，但作为一部商业电影，可圈可点的地方还真不是一星半点儿。

魔女的条件

事情是从一个玩笑开始的。女孩的同学们开玩笑给一个招聘员工的陪伴公司打电话，那边是录音电话，请对方留言，她们就留了这个女孩的电话。陪伴公司真的打电话来了，女孩子解释说这是一个恶作剧。对方很接受她的回答，但亲切地建议，如果她愿意，就来他们正举办的一个派对看一看吧。只是看一看。女孩去了。见到了一大堆靓男美女，社会名流济济一堂。仿佛是另一个世界。接待她的女人如电话里一般善解人意，而且长得很美。有帅哥当即约女孩子吃晚饭，她犹豫了，可那是一个难以抗拒的约会，她去了。穿着借来的晚装，变成了一个新的人，与帅哥一起用餐，在美味和音乐声中，接受他的殷勤和赞美。那一夜于她，是灰姑娘变成公主的神奇时刻。豪华车把她毫发无损地送回原地，她把衣服还了回去，陪伴公司的老板——一个亲切、彬彬有礼的大帅哥——给了她四百美金作为酬劳。她很吃惊，钱来得太容易了，而且她没有任何损失。他告诉她，生活有时候就是这样的，如同一场美梦。只要她愿意，永远都不用从这场美梦中醒来。虽然有些不踏实，但她还是接受了。她的生活一下子跌进了一个阳光明媚的旋涡，她被昂贵的衣服、豪华的晚会和社会名流包围起来了。她很快乐，连气质也变得高雅了。在校园里引起同学越来越多的关注，还有优等生爱上了她。女孩子第一次跟男人上床是因为他是她的偶像，那种幽会是美好的。但接下来的就不那么美妙了，并不像老板说的，你想干什么就干什么，你不想干，没人能勉强你。天底下没有白吃的午餐。女孩子开始为自己的美梦付出代价了。

这是一部美国电影里讲述的故事的前半部，一个勤奋、优秀的女大学生如何走上了卖笑生涯。因为在诱惑上面下了很多功夫，女孩子的形象并不讨厌。谁不是从青春年少时走过来的？谁没有过被物质的光芒炫目的时刻？陪伴公司的客户全部是社会名流，衣着高雅，举止礼貌。如果买春并非无耻的行为，那么卖春又有什么可感到羞愧的？更何况女孩子涉世未深，一派天真，而男人们却是老谋深算、洞悉世事。

诱惑对于年轻人而言，一点儿也不复杂，就像广告片里的女主角猛喝一口饮料，然后获得了勇气、谅解、爱情或者随便什么样的好情绪，使她能够对男主角大声说，“我喜欢你！”诱惑就像那口饮料，看上去冰凉的，挂着水珠，颜色剔透漂亮，充满了愉快和让人激动的心情，谁能拒绝它呢？

从事色情行业的多是年轻女孩子，一方面固然是因为青春靓丽可以卖出高价，另一方面也和女孩子的幼稚不无关系。以为自己的青春是阿里巴巴的山洞，取之不竭、用之不尽。冒一下险又如何呢？第一步就是这么迈了出去。

女人敢选择这个职业，实在是置之死地而后生的招数。死地多是容易置，后生的机会却并不多。现代都市里面，罕有逼良为娼的事件，多是女人自己选择的。因为堕落是自找的，这一类人也更容易被冠以骂名和遭到唾弃。明明和男人们是你情我愿的买卖关系，甚至男人在其间起着主导作用，但落实到世俗上，也都派她们的不是。她们的行为对于常规生活和社会道德是最大的嘲弄和背叛。而历史的教训是，谁轻蔑了世俗，世俗就会置谁于万劫不复的境地。

美国加州副市长莎莉·斯坦佛说，“我觉得，一个在床上出售其情感、虚情假意的女人，基本上并不比一个把她的美貌和情感出售给摄影师或者大众的女演员更低下。以我个人而言，我对于大多数妓女的信任，远超过对那些我认识的政客的信任。”如果莎莉不是出于收买妓女们的政治感情的目的而讲这番话，她应该赢得由衷的尊敬。

电影的下半部分，是写女孩子如何努力摆脱陪伴公司。事情越来越残酷了，她看到镜子里的自己，美梦破碎，她是一个彻头彻尾的妓女。为了争取自由，她杀了人——不幸中的万幸，陪伴公司老板并没有因此丧命——当她的母亲来到监狱，用难以置信的语气问她，“你去卖淫了？”时，明亮美丽的诱惑朝她——也朝着所有的观众——转身，露出狰狞的面目。她泪如雨下，说是的。她母亲又问为什么。她说，“他们让我觉得自己很美，与众不同。”

青春在那一刻如此地单薄脆弱，仿佛禁不起一根指尖的轻触。而诱惑的力量又是多么强大，如同吸尘器的味蕾，把所有细微的感觉聚拢到一处，然后把一杯美酒放在你面前。

小心啊。诱惑的面孔从来都是美艳绝伦的。

琼斯一家

“琼斯一家”有四个人：丈夫、妻子、女儿、儿子。

他们什么都有，美貌，身材，幽默感，善解人意。他们还有从头发丝儿到脚后跟儿，武装到牙齿和手指甲的各种潮货和名牌物件儿，而且随时更新，更上一层楼。

他们是如此光鲜靓丽，像暗夜里的一束追光，像宁静的湖水里投入的巨石，像孔雀缓缓抖落开宝蓝色镶祖母绿宝石的翅膀，华厦豪车、锦衣美食，所有的完美如此新崭崭地叠加到一起，吃喝玩乐这种寻常事有了超乎寻常的意义。小镇上原本相当不赖的生活，相比之下黯然失色。

有钱人怎么能允许自己的生活遁入灰暗和陈旧？没钱人也可以借助贷款让自己的生活放射出金光。

于是乎，闪亮的新产品，灿烂的名牌货，华丽丽地登场了。

就像琼斯先生预言的，“我们会把这个小镇弄得人仰马翻。”

他们确实做到了，奢侈品和潮货，外加琼斯一家。

美轮美奂的各种新产品每天都在局部刷新小镇人的生活，他们让某些细节绽放出华彩，小镇一时之间就像条毛皮柔软、漂亮的狼，被物质之手摩挲得惬意极了，打了个美美的盹儿——然后，狼又恢复了狼性，扑棱棱地支起了身子，亮出了爪子，连牙齿也龇起来了。

琼斯一家四口人的生活也每日刷新，女儿爱上了有妇之夫，而这位好色之徒却是个吃软饭的；儿子被一个辣妹爱上后，却爱上辣妹的哥哥，暴露了他的性取向，两个年轻人的爱情因为带着先天的残缺，不可避免地迎来最后的残局；而丈夫和妻子的假戏却做了真意，这点儿埋藏在大物质里面的小小爱情，也由此成为这部批判现实主义电影的灵魂。

电影的结局是：离琼斯一家最近的邻居（也是效仿琼斯一家最厉害的），丈夫最终因为过度透支，搭上了自己的性命，而一直努力推销的妻子，早就被人过度消费而不自知。在死亡面前，“琼斯先生”主动揭穿了真相，琼斯一家，是虚拟的，琼斯一家的模范和摩登都是假的，是先进的商业模式，而作为奢侈品模特儿和推销员的琼斯一家走的路线是：到群众中去，让星星之火燎原。

这部电影让人想起买椟还珠这个成语，椟是如此的精美，谁还在乎那颗珠？

哪怕，那是颗灵魂之珠。

但珠毕竟是珠，再华丽考究的椟终究是寂寞的、跟棺材没什么分别，而且是越沉默，越黑暗；珠不同，珠能自黑暗中升起，流光溢彩，带着暖意和安慰。

作为电影必须要的正面影响，琼斯一家最终幡然悔悟了，两个年轻人虽然仍旧在这条路上，但已经有了自己的思索和新的选择，而琼斯先生和琼斯太太，正在变成真正的先生和太太。影片的开头，他们裹挟着野心和梦想，影片的结尾，他们洗尽铅华，重归朴素真实的生活。

黛米·摩尔拍《人鬼情未了》时，纯真的笑容和眼泪，征服了无数影迷；二十年过去了，她现在的私生活似乎比作品更为八卦杂志津津乐道。一方面，她奇迹般地保持了身材和美貌，另一方面，她前任和现任两位明星丈夫，哪个都不是省油的灯。就像电影里面琼斯太太的光鲜靓丽很大一部分是虚假繁荣一样，多少娱乐版版面拭目以待：黛米·摩尔在现实世界中能盛开到几时？她会不会被年轻十五岁的丈夫抛弃？她将如何收拾残局？用一个更新的丈夫，还是远离名利场？

孔雀开屏早就让人审美疲劳了，现在，大家对彩屏后面更感兴趣。

天鹅的忧伤

谁看了《黑天鹅》，都得承认娜塔丽表演得太出色了，虽然在这个电影里，娜塔丽扮演的芭蕾舞演员妮娜时间跨度并不长，但这段时间内人物的成长和蜕变，却是一个演员一生中最重要的一个门槛，跨越了，摇身一变是艺术家，并将因艺术而永生；跨不过去，就只能算掌握了点儿技艺，芸芸众生，谁没点儿特长？

当演员是这个世界上最凶险的职业之一，演员们伴随职业生涯而引发的伤痛和病变，多是隐蔽和内耗的，具有戏剧性和反讽意味的是，他们内部的黑暗指数通常跟外部的光鲜靓丽成反比。表演是一种毒品，即使对最有天分的演员而言，也是不把自己摧残到份儿上，就无法达到巅峰状态，“不疯魔，不成活”。

娜塔丽扮演的妮娜是个芭蕾舞演员，纯洁天真的小天鹅——她的母亲当年也是芭蕾舞演员，属于未能跨过“门槛”，沦为普通人的那类，妮娜的天鹅皇后的梦想也因此变成了双人份——家庭里面，母亲的呵护和鼓励像盔甲一样笼罩包裹着她；在舞蹈团里，她是最勤奋努力的舞者，除了舞蹈，她堪称一张白纸。

纵便是作为舞蹈演员，妮娜也单纯得过了分，就像她的衣服和围巾的颜色，白加粉红，鲜嫩的蜜桃本色使她在演绎白天鹅时，轻而易举地博得了导演托马斯的赞许，但光有这一面是不够的，天鹅有两个，一黑一白，人性也有两面，一白一黑。如何从白天鹅的身体里面，抽出墨汁，把羽毛染黑，进而让黑天鹅飞舞起来，是这部电影的主要线索，亦是人性善恶的有趣解析。

妮娜不会坏。不懂得如何坏。她每天睁开眼睛第一件事是跳舞，临睡前最后一件事也是跳舞，她只有舞蹈，没有生活，换言之，舞蹈即是她的生活。但这并不是说，她的内心世界完全纯白，没有一点点儿黑色，她有黑色的部分，但大多表现在对自己身体的伤害上；她也有野心，甚至很大，身为龙套演员的妮娜时不时地从前天鹅皇后贝丝那里偷化妆品用以填充自己对她取而代之的欲望。

妮娜身边有三个重要人物，导演托马斯以演出的成功为绝对标准，他用行家的眼光选妮娜当主角，他用最直接，堪称无礼、粗暴的方式指出她的致命弱点，正是他一针见血地对妮娜指出："唯一阻挡你前进的就是你自己"；妮娜的妈妈常常假关怀之名，把自己的意志强加到妮娜的身上；舞蹈演员莉莉则是个笑面虎，从不放弃任何机会，并经常处心积虑地制造机会，以取代妮娜的位置。行家的挑剔，母爱的压迫，对手虎视眈眈的野心，以及她自身对完美的终极追求，就像利爪抓向妮娜，让她伤痕累累，血迹斑斑，也正是在这些伤害和血迹中间，妮娜的恶一点一滴地被萃取出来，脑海里那些一闪而逝的恶念不再偶尔与妮娜擦肩而过，而是踏踏实实地在妮娜的身体里面安居，并时不时要面目狰狞地出来行凶了。

这个电影最动人之处，就是关于妮娜身上“坏”的解析，恶就像墨汁落在水中的特写镜头，来源清晰，脉络分明，又丝丝缕缕地舞动、飘摇，它们在电影里有时是黑色的背心，酒里的药丸，有时是舞台面具或者狂野的性想象，恶的力量如此强大，同时却又不乏美感和诗意，以及勃发喷涌的激情，让人难以抗拒，纠结不已。正式演出时的妮娜，身上穿的是件灰色的毛衣，白和黑，在她身上终于合二为一。她一如既往地要演出，一门心思要变成那只万众瞩目的白天鹅，但同时，发现自己即将被取代时，她也能对托马斯说出“贝丝之后你还要再换角色吗”这类兵不血刃的话，以黑天鹅之道还治其人之身，为自己赢得了最终的机会。到演出最后，妮娜发现，所有的伤害并未实施在别人身上，而是收拢、集中在她自己的身体里，她发出的“我感受到了——完美”的感叹和她身上那个血流如注的伤口一样令人触目惊心，但正如《天鹅湖》的剧情所揭示的，白天鹅死去了，但“死亡之后终获自由”，这部电影不是悲剧，而是部有些另类的励志电影。妮娜在影片最后化蛹为蝶，飞越到了真正艺术家的境界。

在这部电影里面，好莱坞明星娜塔丽是可以被遗忘的，熠熠生辉的人物是妮娜，但更加精彩的是，妮娜的光芒并没覆盖其他配角的戏份和表现，比方说托马斯，几次都容易被观众误认成玩权色交易的色鬼导演，但事实证明，他是质量至上的艺术家；前黑白天鹅的扮演者薇诺娜·瑞德，曾经是好莱坞万千宠爱集一身的偶像明星，大红大紫时，压力也如山洪泛滥，她为了缓解精神压力在商场里偷窃，丑闻曝光后，她的事业江河日下，沦为龙套，现在连龙套都是第二梯队的了，戏里戏外境遇相似，她身上的黑色和颓废，也是内外呼应的。

黑也好，白也好，天鹅飞起来时曼妙的姿影令人目眩神迷，心向往之，而天鹅的忧伤——

谁在乎呢?

痛要怎么说出口

他们看上去还行。丈夫潇洒，妻子漂亮，一个在外一个持家，生活得井井有条。只是，他们的平静不是自内而发的，而是涂了层釉子。这层釉把他们裹得紧紧的，使内部的那些碎块儿不至于迸裂。

八个月前，他们失去了四岁的儿子。是一场意外，狗追松鼠，孩子追狗，一辆车刚好开过来——

生活瞬间撕裂。

一旦掉进兔子洞，谁也不知道会发生什么。兔子洞里，有会唱歌的花朵，扑克国国王王后，以及各种有趣的人物和刺激的事情，但那是在童话里面，而且是梦游。影片中的这对美国中产阶级夫妻贝卡和豪威，一度生活得优渥而安逸，但所有的欢乐和温馨，随着孩子的死亡瞬间消融殆尽，他们落入兔子洞里。

或者说，他们的内在变成了兔子洞，狭窄、黑暗、寒冷，他们直坠而下，不知道什么时候能落到底。不知道是不是真的有洞底。

他们试图解脱。参加了倾诉小组。这类的小组多是合并同类项，让悲伤寻找悲伤，痛苦遇见痛苦，叠加的悲伤和痛苦或许可以融成一炉，却并不能彼此救赎，只能互相唤醒，令悲伤加倍，让痛苦也加倍。他们同命，却并不相怜，贝卡不愿意听所谓的孩子死去，是上帝需要一个新天使之类的话。这种说法儿太容易，太自欺。而有些人在这些倾诉组里面，已经多年，养成了习惯，形成社交圈子。

贝卡不想认输，她试图回到曾经的职场，但多年的缺席，她熟悉的一切早已物是人非；她也试图跟家人友好相处，她的妹妹怀孕了，她把儿子以前的衣服整理好送去，但她妹妹不想要，因为不想看着自己未来的孩子穿着一个死去孩子的衣服跑来跑去；她也不愿意听自己的妈妈唠叨，她妈妈也曾失去儿子，但那个儿子，也就是贝卡的哥哥，是三十多岁时吸毒过量而致死的，贝卡从不认为她和母亲的丧子之痛有任何可比性。贝卡的婚姻也濒于风雨飘摇，豪威既要承受自己的痛苦，还要面对贝卡时不时的、突如其来的发作。日常生活中，贝卡对他礼貌而冰冷，同在倾诉组里面的一个女人跟豪威成了朋友，他们吸大麻，寻找各种乐子稀释悲伤痛苦，内心里，他们在继续暧昧下去还是发展婚外关系之间挣扎——

贝卡和豪威的生活让人想起那句话：幸福的家庭是相似的，不幸则各有各的不幸。而即使是相似的不幸，也各有各的形态。

事实上，那个失去的孩子从未离开过他们。他的房间、玩具、衣物、影像资料，那条引起麻烦的狗，甚至仅仅是年龄跟他相似的孩子，每件事物都可能成为星星之火，在贝卡和豪威的内心燎原成地狱的火海。他们的生活钢丝越拉越细，濒于崩溃。一次偶然的机会，贝卡邂逅了“凶手”，事故中驾车的高中生，他们小心翼翼地，每次融化几块冰块般地，慢慢地接近。高中生坦承出事那天，自己可能确实开得快了点儿，只快了一点儿。他很抱歉。贝卡对他非常友善，因为他的抱歉和痛苦是真实的，不回避的。他令贝卡坠入黑暗阴冷的兔子洞，但也同样是他，丢了根绳子给洞里的她。

《兔子洞》是部朴实无华的电影。它还原了痛苦的某些具体、真实、日常的形态。互联网时代，越来越多的东西丧失了意义和质地，被滥用，被误解，这部电影以其严肃的态度严谨的作风，把人们司空见惯的“痛苦”做了一次还原。同时，发出了诘问：

痛要怎么说出口？痛要怎么消化掉？

真正的痛彻心扉深沉如同洞穴，无法填满，无法祛除，无法遮盖。解脱痛苦的唯一办法是跟痛苦和解，既然痛苦像老朋友一样会随时随地地遇到，那么在见面时，就握握手，闲聊几句吧。贝卡和豪威最终回归到正常的社会秩序中，毕竟，生活还要继续。

这部戏原本是百老汇演出的剧目——目前也仍旧在上演——被妮可·基德曼相中，拍摄了电影版。给观众意外的不只是影片的主题，还有其他方面，诸如，影片拍摄时间只用了二十八天，制作成本为一千万美元，导演和两位主演都是零片酬参与影片的创作和制作，男主角艾克哈特甚至还自掏腰包承担了一部分费用——这些事情都非常的不“好莱坞”，但正是因为这些偶尔的“不”，让我们对“好莱坞”也葆有些“另类”的情感。

征婚启事

“生无悔，死无惧，不需经济基础，对离异无挫折感，非介绍所，无诚勿试。”

这则征婚启事写得实在很刺激，也很有戏剧性。小说出自女作家手笔，在封面上附有副题：我与四十二个男人。这同样很吸引人。

一个各方面条件都很优异的女子在大报上用不小的篇幅征婚，这种行为与其说是勇气，不如说是艺术。她见了四十二个男人，各式各样的。每次见面都像是地下党接头。这种情形一想就知道是很有趣的，同时也危机四伏。女人的胆子要么小得像蚊子胆，一旦大起来，就无法无天了。现代社会为人的行为提供诸多可能性，不管这种行为是怪异的，还是真诚的。

同名的电影拍得很好，和文学作品相比也毫不逊色。征婚女子由刘若英饰演，身份由作家改成了医生。刘若英长相一般，但是清清亮亮的，有股讨喜的干净劲儿，演这部电影时，她还很年轻，但拿捏把握得很准确。这是一个有些矫情的电影结构，如果表演得不好，很容易让人厌倦。但刘若英很好，她在和那些男人打交道时，看上去很真诚。每一次见到来应征的男人，甭管是怎么样的条件，她的模样儿都真正处于“相亲”状态，不谙世事，分量正好儿的天真。

男人在电影里出现时不像小说中那么自然，这很正常，因为电影上面的脸孔是直接曝光的，而小说里的男人则隐藏在文字屏风的后面，喜欢或者讨厌都来得不那么直接。电影里的几个男人都是做过“处理”的，出场和形象都有一点儿特别之处。但还难得地保持着自然，也可能是他们出场时间太短，没有时间露出破绽的缘故。在外形和年纪方面，只有两个能让观众替征婚女子看得上眼的，其中一个坐下来就问征婚女子以前有几个男朋友，她是不是跟他们都上过床？然后又问她对一夜情的看法。而他的职业，用他自己的话形容就是“走高级路线的性生活交易”。征婚女子被这个温文尔雅的男妓惹火了，她觉得受到侮辱，而男妓却很有品位，说话也很有水准。他的话比如“职业是不分高低贵贱的”之类倒没什么新奇，重要的是他的语气，他讲那些话时就仿佛是在讲人生观。还有一个男人，略带着一点点儿忧郁气质的，几乎是诗意的。他的气质和征婚女子倒是挺配的，他们的忧郁宛若果子的形状，被艳丽的色彩遮蔽住了，要有心人才能看得出来。她对他也很有感觉，觉得他“尴尬的笑容”与自己很相像。就像那个男妓一样，他的可以让人接受的外表下面也是有缘由的，他坐过一年半的牢。是他父亲的财务方面的问题连累了他。在牢里，他被派去检查来往的信件，每天查看别人的秘密。这也是唯一和征婚女子有了交集的男人，他带她去钓虾，而她主动跟他上床。这个电影里出现了到目前为止我所看到的最恐怖的性爱镜头，光是白花花的，映得两个人的肌肤白里透青，显出一股死亡的味道。这部电影的暗线确实是一个男人的死亡（未曾露过面的男人是征婚女子的心中至爱）。

作者在小说《征婚启事》的后记中，记载了一件真实的事情。一个喜欢阅读报纸启事栏目的德国女人一次发现一则有趣的征婚启事，于是写信去应征，起初是开玩笑的，没料到那确实是一个非常理想的结婚对象。两人后来交往，并谈及婚嫁。没想到就在结婚前夕，那个男人出车祸死了。这个多少有些离奇然而真实的故事成为诱发作者写作《征婚启事》的原因，有了小说后，又有了电影。

多年以后，冯小刚拍了一个男版的《征婚启事》，男主角是葛优。这个故事不再是走马灯似的相亲见面，而是演变成了一对男女的爱情故事。女主角的扮演者是舒淇。男丑和女美的配套，日本的外景，以及冯小刚的喜剧特色，电影端上来的是一盘滋味儿符合任何标配的商业大餐。不能说电影不好看，人家把吃奶的劲儿都拿出来杂耍，设置了N多的看点。但看了，乐了，仅此而已了。

而刘若英版的《征婚启事》却是痛的。哪怕是偶尔的一笑，也含着忧伤。在电影后面刘若英对着电话筒哭喊，接电话啊，你倒是接电话啊。我们会发现，这通电话是接不起来了。

逝者如斯夫。

德国女人的爱人。刘若英年轻的脸庞，清澈的眼神，还有那种文艺。看了那时候的文艺，才发现，现在的文艺是多么有腔调，多么文艺腔。才明白，文艺和文艺腔，是两码事儿。

第三辑

经 过

慢慢啜饮，款款而行

三五好友，三天五日，闲了，想找个地方待待，住住，聊聊，转转，邵武是个好选择。

“好”在哪儿？好在天然，好在慢慢，好在舌尖。

可以喝喝茶。邵武有“正山小种”。红茶。陆适著《续茶经》称：“武夷茶在山者为岩茶，水边者为洲茶——其最佳曰工夫茶，工夫茶之上又有小种……”此“小种”中最正宗的，即是“正山小种”。

午后，找间老茶馆，喝正山小种，茶汤红透中带股金色，两杯热茶喝下去，舌尖上回味着暖甜茶香，相当于是从胃里面做了一个按摩，慵懒、舒坦从内向外，缓缓发散，气定，神闲，放眼望窗外，站着一棵老树，嫩叶披挂满身，在春天里深沉地喜悦着；或者是墙角的一丛花，天真地引颈，烂漫至极；又或者是胡同里面走过来时没正眼瞧过的几间老房子，挤在簇簇新的建筑中间，木石结构，黯黑、瘦巧，像件不合时宜的马褂，打眼一看苍凉、破败，细细端详，于这苍凉、破败中间，漫溢出一股傲慢矜持，那是见过世面、经过风雨，生离过死别过，人生样样种种，悉数经历过后才可能拥有的淡定姿态，相形之下，那些水泥钢筋的新楼愣头愣脑、粗鲁、浅薄，兀自为自己的年轻得意喜悦着，不晓得人家老戏骨只消挥一下水袖，已是半壁江山。

看老房子，和平古镇的老房子更多。有些房子现在也还有人住着，但大多数荒疏了。和平古镇是风水宝地，出了不少王侯将相，当年的雄浑霸气，书卷诗香，时隔千年，如今仍旧余音袅袅，这个不是靠看的，要坐下来，慢慢品味——

当然了，顶好这时手里也有杯暖茶。

还真有茶。是老乡自己采、自己炒的，绿茶，名曰：碎铜。

碎铜茶茶汤碧绿、淡香、清爽。一杯持手，打量和平古镇的石板路，中间是大块整石，两边是碎石，一路铺排过去，路两边是高高石墙，墙角、石缝中间，渗出丝丝缕缕青苔——此情此景，或许喝酒更适当些吧?

酒也是温的，最好装在酒壶里面，佐酒的小菜嘛，竹笋、香菇或者一捧青豆，随便烧烧煮煮就好，对了，还有当地特产的游浆豆腐呢。酒喝到酣畅处时，会有人加入，也许是个满口诗云子曰的老夫子，下巴上几根野草似的胡须；也许是蓬头垢面的侠客，灰扑扑的，坐下来时，剑随手扔在桌上；来人若是个女子是更妙了，最好跟我们一样，不年轻了，离老也还远着呢，云鬓斜挽，布裙圆阔，一撩一展一裹，落座时笑容如花绽放，天啊，活脱脱是《新龙门客栈》里面，张曼玉扮的金香玉嘛。

还真是的，那些导演啊，投资商啊，在横店涿州花费巨资，大兴土木，造假造得方兴未艾，经常漏洞百出，沦为笑柄，眼前这样原汁原味儿的千年古镇却被错过，应了那句“有眼不识金镶玉”了。不过这样最好，被影视摧残、毁损的地方、东西已经太多太多，还是牺牲横店一个，让其他古镇历史着自己的历史，美丽着自己的美丽吧。

还有两个好去处，宜酒宜茶。一是富屯溪。坐竹排顺溪漂流，九折十八曲，空气湿润沁凉、肌肤如洗，两岸植株翠绿干净，悬崖、山坡上的野草，从垂挂如发的衰草中间葳蕤新生，经常有露珠水晶珠子般从空中溅落，碎裂在脸上，倘若楚留香，或者陆小凤在，一杯酒刚下肚，随酒香轻轻吐一口气，说不定这水珠子重又被他们吹回花瓣、树叶上去了呢。

二是兰花谷。兰花谷的茶是野茶，春天时，漫山花树，满谷幽香，野茶树绽出的芽叶，就浸在这片花香里面，这样的茶，滋味谁能形容？谁敢形容？

不说了不说了，兀自去了。

妙行无住

我对灵隐寺的喜欢颇有“粉丝”意味。名城，名寺，名僧，名胜，灵隐寺是寺院里面的天皇巨星。我去过四次灵隐寺，每次都是游人如织，香客络绎，繁荣景象几乎让人忘却这是在佛门中。这次也和以往一样，总有人要我去摸这个，摸那个，说是摸了便有福报，济公和尚躺过的石头，更要从头到脚摸过来，会平安会发财会好运，说得那么玄虚，几乎会让人觉得石头不是石头，而是济公的化身卧在那儿了。但即使是济公的化身卧在那儿，也不见得摸一摸就能中大奖，干这类事儿圣诞老人更在行些。

那个女人自充导游，一路跟我到灵隐寺的门口，嘱咐我烧香，我执香的姿势不对她都没纠正，在寺院门口收了我的钱后，她说阿弥陀佛保佑我，把我逗笑了。我自己进寺，烧香，拜佛，心很诚，虽然我也知道，人是要自己保佑自己的。但面对佛像，生出净空的心愿，哪怕是短短一瞬间，也是颗定心的丸。

从药师殿出来，看见个女人，在石阶上一步一跪地拜过来，周围的一切事物人物，在她的眼里是统统不存在的，她念着的人横在她的心里，她托着他（她）来跟佛乞求健康。香客游客看客走来走去，这个女人的悲愁和虔诚显得格格不入。

拜过佛，出门前我在寺院的木椅上坐了一会儿，拿出手机想给好朋友们发短信，就像粉丝们遇到美食要拍照，遇到奇景要发微信，到了某个特别的地方要寄明信片一样，但想想这些琐细，本来无一物，何必惹尘埃？

第二天去普陀山。

几年前去蓬莱，在一个绵绵细雨的春日去看蓬莱仙境，站在海边，确实烟波浩渺，确实仙气翩然，可定睛细看，建筑是新的，很丑的复古派；游人大声喧哗着，呼朋引伴；树木和花朵是县城的绿化常用品种，旅游纪念品商店里挂着琳琅满目的垃圾货。难怪八仙要飞走，白云千载空悠悠。

去普陀也有同样的心情。风光是好风光，植物是好植物，百步沙千步沙的浪花，卷起千堆雪，不断翻涌至脚前。但总有某种缺憾，哪怕是不断提醒自己，观音菩萨曾现身在此啊，也无法弥补某种空洞。

观世音的故事不少，我最喜欢的一个是，观世音菩萨曾发愿度尽天下苍生，可是，天下人实在不争气，度来度去度不完，她陷于绝望中，身体崩溃成无数碎片，这时弥勒佛在她头上三尺施法力，保全了观世音菩萨的法身。

菩萨也会绝望崩溃，这么平易、亲切，真好。

我们住在普济寺里，凌晨四点钟的时候去听早课，天还没亮，光线是银灰色的，寺里面已经满满登登的了，烛光闪烁，香烟缭绕，齐声唱诵的佛经像一个个无形的法轮在大殿，在每个人的头顶身上环绕——我们也听不懂什么，人家合掌我们也合掌，人家跪拜我们也跪拜，心里还在感叹，原来这就是早课啊？

拜完之后问正进师父，我们拜得对不对啊？

正进师父笑答，你们拜得很虔诚。

原来拜了那么多拜，姿势都是错的。不过，也没关系，佛不在乎这些小小形式，佛在乎心。而我们的心里，小火苗似的，煨着一团善意。

普陀山的人，脸上都有一层善意。游客里面不乏面相凶恶，行事霸道、各色的人物，在这里，也都像被透明的金钟罩罩住，恶变得尴尬了，进退无着，很有戏剧性。

忽然就觉悟到普陀山的好来，这个佛岛就像一池水，游客们噼里啪啦往里跳，想洗净尘埃，重新变成干净的自己，而普陀山任由人往里跳，多少的阴暗肮脏全能承担，而水永远是清洁的。但当然了，水是自己的水，清洁是自己的清洁，一切变化都在念想之间。

倘若做“粉丝”，做个观世音的“粉丝”倒也不错啊，像欣赏一场演出一样来普陀山，烧烧香，拜拜佛，听听树声，涛声，看看观世音的笑容，那笑容九曲十八深，一动不动都会迷路。

呵呵，这样说的时候，已经住相了啊。

离开的时候还是坐船，船行了一阵子，从窗口边回望普陀山，那么空灵，幽远，一个浪花扬起来就能把它遮住。

南无大慈大悲观世音菩萨！

茶禅版纳

西双版纳，意指十二个一千亩，简洁实效。却因为傣语，拥有了微妙的音韵和画面感，音韵和画面又伴随着心理活动凸凹曲折起来，浓缩到随便遇见的某个傣族女子身上，环佩叮当，叮叮当当，有音无韵，就算有韵，也是举手投足间，漫不经心、赶到哪儿算哪儿的韵致；至于画面感，那就好形容了：长发、明眸、短衣、筒裙，要人命的是那截蛮腰、蛇腰，蛮起来质朴赤诚，蛇起来风情万种。

西双版纳有股不在乎的劲头。青山绿水，赤日骄阳。老树深根，自顾自地往上伸展往下探究，华盖浓荫，像袭长裙，睥睨群草；青苔藤蔓，闲言碎语似的漫漶，多了少了，深了浅了，全看情绪和心境；鲜花处处，恣情肆意，没羞没臊的——

你没法不对西双版纳有非分之想。这么热情奔放，如此天真性感，让人不知道拿它怎么办才好。只能随着它的心，任着它的性子，且行且停。

好吧。

我在西双版纳见到了些标志性的东西。那些在百度词条里面一网下去，捞上来的鳞鳞爪爪。比如说孔雀。一只蓝的一只白的。婷婷立于木架上头，明艳、妖冶，看人的方式只有一种：睥睨。游客们趋附过去拍照，然后再跟它合照。明星不容易做啊，哪怕是孔雀，也知道场面是要撑的，长时间地展着翅膀，随着相机角度左顾右盼摆姿弄态；相比之下，蟒蛇就亲民多了，十来斤重的大蛇，每隔几分钟，从一个人的脖颈转向另一个人的脖颈，充当着粉丝们的围巾、领带、绞索，被拍照留影；泼水节在非泼水节的时间，变成了旅游项目。地点是个广场，围绕着喷泉的大水池子，大家要先换衣服，然后拿着盆，等待某个泼水时段。时辰一到，一群中老年妇女，手执塑料盆，随着广播列队进来，先围绕水池子走一圈儿，然后随着广播泼水几个来回。远在东北，于长达半年的冰天雪地里，想象傣族的泼水节，跟热带的绿色植物一样，是场集体的挑逗，那些泼出去的水，那些透明的大巴掌，落到心仪的人身上，洗尘祝福，传情示爱，磅礴的野气和性感令人神往。事实上，也只能神往了。傣族园，适合从高远的地方看，密密麻麻的傣家木楼支撑着屋顶，“青箬笠，绿蓑衣，斜风细雨不须归”。傣族木楼里面，客厅通透无阻，空阔敞亮，坐落于粗枝阔叶的植物中间，像个木盒子，晚上睡觉时，蚊帐垂落，就变成了灯笼，蚊帐里面的人，就是灯芯了。

西双版纳的好，在于自然。这是个被阳光和雨水眷顾的地方，植物葳蕤，别地的竹子是二八少女，纤弱多情，摇曳生姿，这里的竹子叫龙竹，粗壮如树，豪气冲天，生生是虬髯大汉；西双版纳到处都是树，但并非如原始森林那种，密密麻麻如士兵安营扎寨，肃穆森严，这里的树林跟生活打成一片，东一棵西一棵，左一簇右一簇，并且一定夹杂着花花草草，藤蔓逶迤，果蔬随处可见，欢喜丰盈，“投我以木瓜、木桃，报之以琼琚、琼瑶”，“匪报也，永以为好也”。

西双版纳，自然为大。竹楼、小屋，都是落进绿胃里的食物，被包容，被消化，人类在这里，细巧如蚁，就算城市，超级大的钢筋骨水泥肉的怪胎，在别处光怪陆离妖风肆虐，在西双版纳也是收拢着爪牙，匍匐于地的——西双版纳的自然纵横于城市，成为脉络和血管，像太极高手，跟城市的冷漠和粗暴对抗，四两拨千斤，绕指柔对百炼钢。西双版纳的自然，自然而然，烂漫之中含着睿智，睿智中间，是禅宗精神。

《指月录》里面那个著名的故事：“有僧到赵州从谂禅师处，师曰：‘新近曾到此间么？’曰：‘曾到。’师曰：‘吃茶去。’又问僧，僧曰：‘不曾到。’师曰：‘吃茶去。’后院主问曰：‘为甚么曾到也云吃茶去，不曾到也云吃茶去？’师召院主，主应诺。师曰：‘吃茶去。’”

这个故事发生在唐朝。地点是河北。但怎么想，都觉得更适合西双版纳。

唐人饮茶的风尚，始于僧家。茶是柴米油盐酱醋的同列，也有超脱于柴米油盐酱醋的形而上精神——了凡、觉悟。

西双版纳茶树遍地。是中国古茶树最多的地方。那些古茶树，居于深山幽谷中，我们弃车步行，踩着小路的泥泞走了半个小时，前去谒拜。生长茶树的山里不能铺设柏油沥青路，那些树会因此死掉。

如此决绝，非暴力、不合作。

古茶树，棵棵龙钟模样。三百年五百年八百年，远谈不上粗壮，冷眼一看闲闲的，几乎是丑的；但看久了，就看出些不一样来，枝干扭搅着，年轮在里面圈圈绕绕，越圈越紧，三百年五百年八百年，时光的马拉松，较足了劲，蓄满了势，拧着螺丝，与此同时，吐纳有度，休息有时，松着螺丝。张弛之间，变成世外高人。

老茶树，老干老枝，袖着手，风声雨声，闪电雷鸣，见惯不怪；老茶树，老干老枝，袖着手，风声雨声，闪电雷鸣，新鲜有趣。那些自老枝上发出的新叶，一叶一叶，正面赭石，背面苍绿，每一片都像一个顿悟，老中发新，初新已老，“烟峦如赭水如焚”。

茶园里面有个简易的棚子，细长木桌，两条长椅，茶人用大铁壶烧水给我们沏茶，城市茶馆里那些妙龄女子水流花开的花头丝毫也无，洗尽沿华，连茶汤也是涩涩的，回甘是后来的，于齿颊间丝丝渗出。

几百年的老茶树，生不了多少茶叶。茶叶因此尊贵。好叶落入茶人手里，杀青、揉捻、晾晒、筛选、压型、风干，及至落入壶底，等待沸水的超度，那些百千万劫啊，每一劫，都是粉身碎骨，才最终得以脱胎换骨。

在西双版纳喝了几次茶。一次是夜半去老茶馆。茶馆主人在茶台后面，神色宁静，轻言细语，语必含笑。聊天的内容都和茶叶有关系，老树茶茶叶越来越贵了，也对哦，物以稀为贵。最近细雨连绵，那些压好的茶饼，需要风干。聊了半天，冲了几泡茶，才发现，她宽袍密褶的裙子下面，怀着八月大的宝宝呢，难怪举手投足间，那么雍容。

在刘钺家里，我们流连了大半天。他的房子建在城边，傣式，同时兼具日韩木屋的风韵，屋檐宛若翅膀，回廊前面，种着几株石榴树，小火团似的在枝间绽放，花开似酒红。午餐前我们在前面的大茶室里面喝茶，他一手抱着一岁多的儿子，小心着沸水热气闪着孩子，另外一只手把茶冲得行云流水。

我说不会喝茶。

他说，喝就是了，哪有会与不会。

我说，不知道好坏啊。

他说，你觉得好就是好，觉得不好就是不好。

他神态那么娴静，家常话讲得余音缭绕。

刚吃了午餐，他又来了一拨儿朋友，忙着招呼。我们自己在餐厅旁边的小茶室喝茶，聊天，去回廊里抓两捧生花生放在茶桌上当茶点，我们剥着花生壳，小蚂蚁像我们语句里面的逗号，不时地从花生壳里面外面抖落出来，它们在茶台上面晕头转向，要重新确定行动方位，忙忙碌碌的，但毫不慌张，大摇大摆。蚂蚁在西双版纳阵势不小，没有它们不敢上的台面，无有恐怖，远离颠倒梦想。

刘铖说，这个木楼的后面，原来是个傣族寺院。“文革”时毁掉了。话是这么说，但在刘铖的口吻里面，这个寺院的存在，显然比他的住宅本身更真实、确定。能傍寺而生而活，善莫大焉。

晚餐的地点，抬眼就是澜沧江，一条大水，在那儿哗哗地流淌。

逝者如斯夫。

河床宽阔得过了分，弄得这条澜沧江，细瘦如龙，在夕阳的光照下，河流透明的筋骨不安分地涌动、奔腾，气势倒也是有的，但总归被背景衬小了。

但，澜沧江毕竟是澜沧江。亚洲第四大河，流经六个国家。它还有另外一个名字：湄公河。这条河出产的故事几乎和它孕育的淡水鱼一样多。

有一个说法是，到云南没到过西双版纳，那算没到过云南；到西双版纳没去澜沧江上坐船游览，那西双版纳也算白来了。每个著名的景区都会有类似的奇言怪论。表面上是强调、肯定，实则简单粗暴地抹杀了个体和区别。事实上，大江大河，最不适宜的就是坐着船筏在水皮上面游走一回，有时还要在船上饮酒喝茶，放歌几曲。如此肤浅，轻佻，在秦淮河这样的地方，灯红酒绿，纸醉金迷，倒也罢了。山川天地，大江大河，人如芥子，守着平凡渺小，才是恰如其分。

大江大河是万物的血脉，是天地的痛和痒。痛痒让江河平伏于地面，却常常有虎豹之势。澜沧江宽阔的河床并非虚置，而是为河流的愤怒预留了空间，愤怒的能量总是被人类低估，而自然界却自有公论。

说到这儿，倒想起另外一个故事。南唐五代时，有个道士叫谭峭，写了本很了不起的书，《化书》。书成后，他请南唐大臣宋齐丘为书作序。宋齐丘被这本书震撼，贪心顿起，把谭峭装入牛皮袋里，扔到江中，据书为己有。但陈抟与谭峭同世，江湖地位高，力证此书为谭峭所作，算是还了谭峭一个学术公道。有趣的是，很久很久很久以后，有渔人在江中捕鱼，打上来一个牛皮袋子，割开后，发现有人在袋中酣睡，此人当然就是谭峭。谭峭问渔翁，现在流行读什么书啊？渔翁讲，现在最牛的书，叫《化书》。谭峭一听，放心了，化成神仙了。

这个故事当然是超现实的。比桃花源还超现实。我在澜沧江边想起这个故事，很理所当然地想着，那条让谭峭漂泊了时空的河流，即使不是澜沧江，“老枫化为羽人，朽麦化为蝴蝶”，羽人和蝴蝶，自无情而化有情后，只怕都流连在澜沧江边吧。

澜沧江边晚餐后，我们又去喝茶。

“吃茶去。”在西双版纳，是件再平常不过的事情。有阳光的地方，有灯光的地方，都不缺少茶的暖和香。西双版纳人话少，一句一句，要冲冲泡泡才能渗出的茶色一般，其结果就是：闲话也变得言浅意深，一句顶一万句。对于世道人情，他们显然有自己的一套，不紧不慢，不愠不怒，蕙风和煦。

有一天在傣寨，当地一个舞者给我们跳传统舞蹈。大家四处落座，手里捧着茶杯，他原本也是人群中的一分子，不易被察觉地换了民族服装，扎上头带，静悄悄地进入视线中心，跳舞时，他手里拿着两把木刀——真正舞蹈时要真刀真枪的——挥舞着。舞蹈只有鼓声伴奏，但舞者一招一式，结结实实，发出“噼啪”声响。那几乎不是舞蹈，而是武蹈。男子汉顶天立地，与天斗，与地斗，与野兽斗。斗来斗去，就斗出了艺术。

傣族男人的舞蹈，半舞半武，紧锣密鼓，阳刚气十足，这舞蹈纵使在客厅里面表演，也激越长啸，真诚有情；相比之下，西双版纳那著名的孔雀舞——鳗鱼似的身段，神似孔雀头眼的化式手指，以及翅膀般开合的裙裾，阴柔得如此华丽，密不透风，让人喘不过气来。幸亏有了傣族男子气吞山河的阳刚气质，才兜转住了那一汪温柔的孔雀舞，让它们不至于沦为炫美炫技本身，而葆有了一份中心思想，进而才能印象云南。

扯远了，还是回头喝茶去。

茶禅一味。在别处，是茶道，是禅宗，仪式庄严；在西双版纳，是人间烟火，在在处处，烂漫得不得了。

西双版纳寺院、佛塔众多，也是在在处处。寺院通常建造得非常华丽，寺庙方形，坐西朝东。寺院涂成金色，在阳光和绿色植物中间，溢彩流光。在一些寺院里面，看到藤编的释迦牟尼佛塑像，就地取材，非常亲切，佛祖宝相尊严，目光慈悲，微微低头，俯视众生种种苦难，而信徒们呈送到佛祖面前的，除了供品，更多的是鲜花。花香弥漫，花开见佛。傣族寺庙里有贝叶经，名字里面的诗意相当动人，却无缘得见。在网上百度了一下，看见贝叶经图文并茂，像折扇似的收拢在细匣子里面，打开时，也宛若折扇，一页页铺排开来。

一花一世界，一叶一菩提。

傣族人信仰上座部佛教，信仰上座部佛教的地区，大多是全民信教。在傣族地区，不是好孩子都有糖吃，而是，好孩子都去当小沙弥，对于成年男子而言，没有当过和尚的男人是“生人”，相当于没有进化过，是要被女人和社会瞧不起的。

有这样的宗教背景，西双版纳人的沉稳和低调都有了出处。在这个浓墨重彩的地方——翠竹乔木，幽蓝湖水，黄灿灿的僧袍，金焰般的寺庙，花朵如星火炽绽，食物在香茅草的包裹里面，在燃烧中发出浓烈的香气——热烈随处，激昂随处，佛教里面的戒定慧，就如同金钟罩，把人的心思笼定在身体的深处，随着万物众生欢喜涕泣，又在万物众生的欢喜涕泣中间，如如不动。

未去西双版纳时，人问，去那里干吗？

“吃茶去。”

从西双版纳回来，人问，那里怎么样？

“吃茶去。”

三叶一心

去安溪，当然是冲着铁观音。当然安溪是个好地方，好地方的标配是：好风光，好玩，好吃，好喝。

在安溪，好风光好玩好吃好喝是倒着数的，好喝是重点，就像柴米油盐酱醋茶在日常生活中的地位，在安溪也要倒着数一样。在安溪，早晨睁开眼睛就开始泡茶，晚上临睡前，喝的也是茶。安溪浸在茶汤里，浸在茶香里。

安溪的茶是铁观音。去安溪的路上问司机，除了铁观音，安溪人还喝什么茶？司机说，铁观音。

呵呵。

铁观音是茶，安溪是泡茶的茶壶。安溪地方不大，但壶里乾坤可不小。不大和不小，让安溪既有意思又有意味。

我到的时候其他人已经出门喝茶去了。之前在朋友圈里看他们互相招引：喝茶去。去喝茶。喝茶本来是件宁静的事，他们却把气氛和心情烘焙得如此热闹，勾肩搭背，蠢蠢欲动，在安溪，“我不在喝茶，就在去喝茶的路上”。

酒店房间里面有现成的茶具，还有主办方准备的三小盒铁观音，清香型，浓香型，陈香型。陈香型是老铁。这次是第一次听说也第一次见到。小盒子铁锈绿，里面只有三小袋，很珍惜的模样儿，因为里面不只有茶，还有浓缩的岁月和心思。深夜喝老铁，似乎很契合，犹豫了一会儿，还是作罢。深夜喝老铁，心情是契合的，只怕他乡遇了故知，一遍遍冲泡的茶汤像温柔的手一层层揭开陈年的心思，往事花花草草，姹紫嫣红地涌出来，夜晚的黑兜不住底，到天亮只剩鱼肚白色的叹息。

第二天是铁观音的茶博会开幕日。偌大会场垒起七星灶，铜壶煮三江。来客熙熙攘攘，进门处，休息处，会客厅，在在处处，妙龄女孩子托着茶盘来来往往地送茶，杯盏小小的，不多不少的一口，清绿里面带着股金橙，不像茶汤倒像神药，一口一杯，喝得神清气爽。喝茶时作家龙一坐在我身边，说起昨天夜里初来乍到，饭后被朋友带到茶馆喝茶，居然喝到三十四年的老铁。三十四年啊，他感慨。三十四年啊，我也感慨，伴随着羡慕嫉妒恨。那壶三十四年的老铁根本就是闭关的高僧，远遁世俗，一心修为，偶尔出来见客，居然就被他们遇到了。那壶茶是茶，又意不在茶，茶中有真意，欲辨不需言。

茶博会上来客众多，同行的人，很多就被冲散了。我们几个女士在一起，被青梅带着，到一个她熟识的朋友那里喝茶。那间茶室布置得古色古香，茶桌旁边是书桌，上面铺着文房四宝，宣纸笔墨虚怀以待。待什么？能待来什么？不得而知。

我们围坐在茶桌边，老板沏茶给我们喝，茶是他自己茶厂里的，新鲜地道自不必提。商标里面有个“鼎”字，他特别介绍这个“鼎”字，是一言九鼎的意思，是对茶客的郑重承诺。我想说，炒茶的炒鼎不也是“鼎”吗，而且更朴实，更结实。我打量着茶包上面的“鼎”字，觉得像炉火上面烘着壶热茶。醉酒的人，眼神迷离，喝茶的人，目光清亮。目光不只清亮，还瞻眺向远，前不见古人，后不见来者，念天地之悠悠，独自喝茶寂寞；或者是前见古人，后见来者，念天地之悠悠，一杯茶里盛满寂寞。

上午喝了茶，中午吃了饭，下午去茶园。已经是比较近的茶园了，也仍然要两个多小时的车程。不是高速公路那种平整的流水线般的路，是普通的公路。路边有民居，有乡人，也有簇簇野花，黄的紫的，闲情逸致；偶尔一株正开花的树站在路边，风姿绰约，让人惊艳。

到茶园时已经傍晚了，天气很凉。围巾、帽子、外套，从包里变魔术似的纷纷涌现，各就各位，妥妥儿地安放在各人的身上。茶园里有点儿像梯田，沿着山势，一层一层的洋葱圈儿，把山箍得紧紧的。茶树的植株很矮小，跟铁观音高大上的名字相悖甚远，但地气丰沛。倒也对。观音，观世音，世音原本就是土生土长的，哀怨多愁中间夹杂着喜形于色，音容笑貌都让人慨叹。有些茶田竖着牌子，这些茶田里的茶树归属给特定的人。物华天宝，有些人专门掐尖尝鲜，占尽人间的便宜，却也让人替他们揪着心：出来混，早晚是要还的。

说起掐尖，茶叶素来是掐尖的，小芽才露尖尖角，就被掐头去尾，这口茶鲜，说起来，还真是鲜得残忍决绝。铁观音掐尖时有讲究，要挑三叶一心。枝叶最顶端，三片嫩叶伴着一个尚未展开的小芽。老叶片不过早生了几个时辰，却已经泛出铁锈绿，嫩叶到底烂漫些，明翠、天真，即使如此，跟一般的树叶比，也是硬朗、挺括的。这些摘下来的茶叶接下来将要经受的粗暴蹂躏是很难想象的，晾青还好，摇青、炒青、烘干，都还凑合，但揉捻和包揉就是往骨子里摧残了。茶叶被包起来，摔打，揉搓，碾压，发出来的不是呻吟声，倒是青叶的清新香气，这算什么呢？不经一番寒彻骨，哪来观音扑鼻香？还是历经劫难，终证菩提？

一直觉得，铁观音作为茶而言，香过头了。香得人三魂出窍，难免会生出疑心：这是茶还是药？药茶同源，苦味儿好像才是茶的根本。铁观音香得这么跳脱，香成了茶水中的香奈尔5号，香成了迷魂药，香得风情万种，颠倒众生。

这样真的好吗？

第二天一早，阳光明媚，醒来后洗漱好，下楼，茶园厅堂间的长桌上，茶已泡上。我走过去坐下，茶桌边有认识的人，也有不认识的人。大家也不互相介绍，像是上辈子早都熟识了，不需多言。新茶暖热，在一圈儿茶碗里次第斟满，那些白瓷小碗，顿时变成了开放的花朵，香气摇曳。我们把它拿到嘴边，喝掉，茶汤暖意脉脉，香气也脉脉，肺腑间一夜的沉寂因为这暖和香，苏醒过来，欣欣向荣。

这个早晨被茶点醒，就像被一句偈语点醒。

要多好就有多好。

凌 云 记

凌云古称泗水。

泗，四条河。四条河经过的小城，想想就让人觉得心胸澄明。择水而居，在水一方，横来竖去，圈进这个小城。

凌云的水不是大水，漫漶无边，把小城隔绝成堡，变成水城；凌云的水是一条一条的，像京剧里面的水袖，曼妙地一扬，穿城而过，整个小城，焕然多了份风情，掩映在一种古色古香的调调里面。澄碧悠远，岁月静好。

也有大水。在城外。湖面原本也称得上壮阔。坐船在湖上，湖风清凉，婉转而来。这婉转，是因为山。山不高，也不甚奇，伫在水中，临水照影，山是青的，水是绿的，水绿山青，青绿对望，一望就是几千几万年。船沿着水走，越走，山越多，山在不声不响间，变成了主角，那一汪无尽的湖水，竟仿佛是从山根里渗出来，蓄起来，漫溢洒脱，不声不响间成了气候，成了山与山之间的一片温润。浩坤之名，不虚，浩大无边，留乾在明处，甘居坤位。

山下有水。山上有水。

山上的水是小水。埋伏在树干里面，青草深处，山石下方，点点滴滴，滴滴成珠，珠联璧合，于无声处汇集着，动寓于静，突然就在某一处有了突破，泉涌而出。一涌而出，一拥而出，再不可收。涓涓细流汇聚成溪，寓静成动，奔流起来，山溪清亮，泉水叮咚。有水的地方，就有人气灵性，壮族瑶族，当然也有汉族，依山傍水，安居乐业。

山居里的生活绵延逾千年。外面世界的动和静，山高水长曲曲折折地传进来，大喜大悲无非一笑一叹，天崩地裂世事变迁，动荡不休变成了随遇而安，不变应万变。山里的生活是世界的细枝末节，山居的生活接的是天地自然的气场，遗世而独立，世上千年的沸腾求索，答案是山中一日的日常休闲。

有好水的地方，有好山，好山有佳木，佳木叶叶清新，好茶脱颖——而出。

凌云的茶好，好在干净，好在朴实。这里的茶是炒出来的，这里的炒，是铁锅炒茶，不是炒作。茶没有细分成阳坡阴坡、年份品牌、用紫砂泡还是瓷器养，还没被价格绑架，还是柴米油盐酱醋茶里面的茶，还站在生活的寻常处，跟岁月一脉相承。也因为没有花拳绣腿，知道的人不多。长久没有莲花可见，开始觉得牡丹美。凌云的茶叶是茶叶，冲泡之后，弥漫出来的是茶味，有些苦，不是轻浮的香。喝过了第一道，香味从苦里析解出来，香是清香，叶脉似的，细细的，缓释而出。

凌云的历史直溯秦汉，三国、晋、南北朝、隋唐、五代，宋元明清，一路过来，地覆天翻，见得多了，想不沧桑也难；然而山高皇帝远，沧桑转眼又被雨打风吹去，总归平淡从容。倒是现如今，汽车和网络，形而下加上形而上，对古老的民风民俗形成围堵，喧嚣纷攘一夜之间迫至山前，千年的石板路，能抗得住被轮胎碾压几回？少男少女眼中的纯真明亮还能清澈几时？土布的墨黑被牛仔的靛蓝取代，只需一夜之间。

所谓穷则思变。这个穷指的未必是财富，单调重复亦是"穷"，山穷水穷岁月穷，穷尽处，虽安好可也厌倦。凌云在天上的日子太久了，悠闲有时，平淡有时，闲淡太久，风吹云散，凌云下凡来到当下，来到当代，要与人间生活与时俱进了。

无所谓好，无所谓不好。

变了就是变了。

七　都

一个小镇，居然唤作七都。

七都之名，来源朴素，相接的一系列小镇，都叫都，七都毗邻六都，八都，但六八，叫着听着有些不着调，七都夹于其间，生发出某种硬朗的气息，很有些气象。

七都的镇骨是全套的，地域、格局、房屋、人物、饮食，直至风情风貌，桩桩件件，地地道道。如同当下国内任何小镇一样，主街两边一溜儿排开门市房，供应着衣食住行的日常所需，生活用品、衣服首饰、美容美发，乃至招徕顾客的音乐，都是放之国内任何小镇，皆似曾相识的。水泥盒子般的房屋也是相似的，起屋时，面积、功用、成本，俱是考虑因素，美观与否，无人在乎。七都是块璞玉，有质地，亦有瑕疵；这块玉放在别的地方，也就仅此而已，但这块玉巧巧儿地镶嵌在太湖边儿上，一切因此不同。

七都温润。风微拂，湖面的湿气笼罩着，大太阳底下，空气里面也汪着水汽。女孩子水灵灵的，干净的脸，纯真的表情，在当下，是难得一见了。也并不忸怩，仿佛布衣荆钗，取自天然，坦荡大方。而且越往里瞧，布衣的纹理，荆钗的雕饰，种种细节，不着痕迹，尽得风流。

七都质朴。建了一些楼房，亦有很多空地。植物郁郁葱葱，满目碧翠，湖边芦苇连成了片，野草杂树，加上路边花，相映成趣。清水养出来的自然，连泥土都是香的。喝茶要喝青豆茶。青豆是用旧式炉灶烘焙好，配上胡萝卜丁之类的几样佐料，热水烫沏而成，碗是家用的碗，白瓷青花，上面密密覆盖着白芝麻，入口时，鲜咸香浓，百年千年的老日子，在青豆茶里面返出青鲜美好。

七都沉着。七都的烟火气是从容淡定的，有章法，不乱来，亦不为外面的浮躁所动。米面人生，态度端庄。而太湖三白，烹后上了饭桌，也仍旧质洁如雪，是日常里面呈现出来的诗意，令人惊喜不已。相较之下，秋风起后，河蟹膏肥脂美，堪称浓墨重彩了。

七都灵秀。毕竟身后那样大一片水，湖水哪怕微澜，也难免影响到镇子的方方面面、角角落落。被太湖煨着，摩挲着，年深日久，七都被打磨得清雅润泽，又有家长里短做底子，真正是知寒知暖，经得住端详，坐得稳板凳。费孝通的《江村调查》是在这里，南怀瑾的太湖学堂也是在这里。

七都不是旅游胜地，浮华肤浅地用些小伎俩讨好，七都是好友知己不经意间寻到的所在，看着不起眼，一旦坐下来住下来，惊喜不断，妙不可言。

泰顺这样的地方

泰顺，这个名字一起出来就老了。老归老，却不是暮气。世面见过，沧桑阅过，繁华看过，然后淡定、安稳、从容。泰顺是个安静地方，不是“晚年唯好静”的静，而是天高皇帝远，爱谁谁，岁月静好的那种静。

泰顺，明朝景泰年间设县制，五百多年的历史，说长不长，说短不短。县内群山环绕。山里面有没有神仙？不晓得；倒是有泉，水是灵秀物，泉就是水中仙了。泰顺的泉不是一般的泉，是氡泉，据说含有四十多种微量元素，对种种病有奇效，很神。氡泉俗称火热溪，四时热如汤，冬日尤烈。这种温泉倘若就在山林间，再有几个杨贵妃，冰肌玉骨，奶糖似的浸融在雾沼沼的水池子里，真也是神仙思凡，情趣盎然了，但这种图景即使不涉风化，也是过于风月了，还是留在影视剧里惊鸿一现、旅游广告里招蜂引蝶比较妥当。度假村泡温泉，是将温泉分散至酒店的每个房间，水龙头一扭，哗啦哗啦流之不竭，热络倒也是热络的，但“汤”味难免寡淡，内涵也不宜深究了。

泡温泉的酒店，以楼房为单位分作N个区，楼房之间随着山势，以回廊接引。山坡上枝叶披拂，群草时深时浅，回廊如黑蟒，盘踞半山，起承转合，笼络着画蛇添足般的十几栋楼。或许是八九栋，没有细数。在房间里，听得见林间鸟声啁啾，风声缜密、树叶喧哗，关关节节都松散开来，倒真是休闲。

回廊仿廊桥而建，泰顺以廊桥著名，在泰顺，未见小姐，先见梅香，梅香已经如此风姿，小姐的绝色让想象力奇痒。第二天巴巴地跑去瞻仰，再次发现了想象跟现实的差距，廊桥，并非一座接一座，首尾相接，连续成廊，绵延成风景，演绎成传奇。廊桥更像个阁楼，木瓦皆黑，第一眼看觉得老旧、粗笨，待轻浮的情绪过去，定睛再看，檐角飞扬，一翘生百态，年深日久，阳光和风雨交蚀，廊桥的老和旧，被岁月打磨出了包浆和莹泽，生了底气，添了沉着，端庄稳重，一派大家闺秀遗世独立的风姿，廊桥外表高冷，腹脏里面却是百姓厅堂、日常情怀，路人歇脚乘凉，乡亲家长里短，小贩兜售时鲜果蔬，奇异果毛茸茸，茶叶蛋光溜溜，廊桥边常有几棵老树，香樟或乌桕，枝枝相覆盖，叶叶相扶将。离开时，隔着很长的一段距离回望，群山溪流，绿肥白瘦，其上一截纤腰，寂寞，孤绝，又随遇而安。

这样的廊桥在泰顺有一百多座，永庆桥雍容，南阳桥秀气，霞光桥道貌岸然，仙居桥飘逸出尘，仙居桥上加盖飞檐画角，就是北涧桥；红军桥上添一个游龙般的回廊，就成了文兴桥，薛宅桥平民百姓，刘宅桥高门深户，此桥彼桥，大乔小乔，美人千面，个个清绝。

泰顺的老，不只廊桥。遗址旧迹，随处可见。

仕水矴步，修建于清嘉庆年间，至今已二百年历史。石头凿得方方正正的，嵌在河水中间，交错的一根拉链似的，高低错落，锁不成严丝合缝，也没想严丝合缝。石头们交错成链齿，变成了两座桥，蜻蜓点水似的过河，同方向的人携手而行，反方向的人狭路相逢，水浅时走低，涨潮时就高。某年某月某一天，山里的俏妹子在石桥上，“路逢白面郎，醉簪花满头。”可不就心如鹿撞？一时间满溪浪花都化云朵，可故事刚发生就老了，类似的戏码儿不知道演过多少出儿了。

泰顺一副闲笃样子，旧桥老路，现世安稳。喝茶喝三杯香，叶似初花，汤如碧水；饮酒饮红曲酒，酒香沸腾、绵延不绝；吃菜当是白须笋，清脆入口，唇齿含香。泰顺还有小食亦约的灌木，名木大青，嫩叶可做茶饮，消毒祛火，唤作“小青”。华栋最爱小青，谈起小青时，仿佛那不是可入饮的树叶，而是前世他的植物情人。他们的名字勉强可凑成上下联，横批不妨就：泰顺。

在说了这么多之后，泰顺被形容成了这样一个地方：慢、静、旧、闲。这当然不是真的。泰顺环山，但海并不远，山那边就是海，泰顺听不见潮声，却能感受到海潮的推送，像打一场耐心持久的太极，一掌接一掌，徐徐而来，闲庭信步似的，力量含糊在闲里面，毫不含糊。海潮带来了倭寇，带来战争，他们把倭寇一次次打走。如今，取代倭寇的是时代的变迁，水泥钢筋芒刺般地以发展的名义扎进来，突兀而暴烈，一排排的楼房，在泰顺摆开了麻将牌，构就了新旧时代的赌局。发展，像团火药末撮在泰顺，咄咄逼人；慢、静、旧、闲，不集中，却漫漶于在在处处，无所措手足，于是，凭命由天。

泰顺有一种竹子，叫雷竹。雷竹生雷笋，雪笋的特别之处，是平时生长极慢，几乎到了可以忽略的程度，但每逢打雷，竹笋便会快速生长，当地人会在打雷之后挖笋，雷笋不大，据说味极鲜美。

为什么鲜美？因为生于战栗？

没见过雷笋，却为它心疼不已。

白色之城

白城。

白色的城。蒙古语是查干浩特。

白色的城，非常想象，非常文学。圣洁而梦幻。奔赴白城的路上，没根没由地，有种赴约感，这约是什么时候定的？跟谁？什么缘由？不知道。知道的是喜悦和期盼，像藕丝被拉出来，一簇白亮银光的丝，细密而又隐秘。

真正的抵达都是曲折的。

抵达白城之前，绕了个弯。一弯弯到了向海。向海很有意思，一个草原中的内陆湖，却以"海"名之，海又不是真的海，而是"向"海。这个"向"字，好极了。字形里面含着的那个口，就是这一湖碧水了，外面是草原，是天空，最上面的那一撇，是飞向天空的丹顶鹤？

向海是丹顶鹤的家。春来秋去，栖息于此。

丹顶鹤是思想家，披着一身羽毛，缓慢地踱步，沉思默想，纠结得满身羽毛，突然振翅飞起，在天空中因为开悟而翱翔，长啸。须臾，又落回地面，收拢了羽翼，缓慢地走动，默立冥想。丹顶鹤头上红冠加持，仙风道骨，睥睨万物；同时又收放有度，般若气质；这么自然而然地，集了儒释道于一身。

天高气爽。向海水质清纯。绿里面透着青，青里面出了蓝。湖边的芦苇，白茫茫一片，像是给向海镶了个海边的边框。晚上在湖边的小店吃鱼。鱼肉细白嫩滑，平时常说肤如凝脂，谁料得到肉亦如凝脂。鱼汤炖出来，更是一锅凝脂。白鱼翻起白浪，白到了一处，水乳交融了。

黄昏时分，我们往白城方向去。草原苍黄一片，树林则是烟灰色。苍黄和烟灰，格局规模都很铺张，接天连地；长河落日、大漠孤烟，揉碎碾细了，和在里面，不具体，但真真切切。草原上立着黄榆。几乎都是野生，几百年才长碗口大，但一簇多枝，像某种绽放，但细看，却是群而不党。

黄榆孤傲、瘦硬。可能也曾有过学而优则仕的梦想，朝堂上风生水起，青史上赫赫有名，但青云之志终究难遂；退回穷乡僻壤，成为乡间宿儒，少言、寡笑、笃定，偶尔吟出一句“寒来千树薄，秋尽一身轻”。有他们在，乡村就有了中心，有了德行标准，有了底气和传承。黄榆永远不会参天，也用不着。它们袖手站着，旁观着，够了。

黑夜进入白城。

白城曾是匈奴的废都。想当年，长风猎猎，金戈铁马，刀光剑影。这里的历史都是大的，爱恨情仇都在马上，呼啸来去，活得激越高昂，也活得不落痕迹。风是冷的，血是热的。这种地方就应该撸起袖子，大碗喝酒大块吃肉。

在沉醉中，在白城，做梦。

这个城市古代的样子。这个城市现在的样子。这个城市黑夜的样子。这个城市在太阳下的样子。这个城市面孔很多。

城市不怕小，怕没有风情，没有精神。越是这种周边有无限扩充可能性的城市，越要以小敌大，把城市摊成一张煎饼，实在无趣得很，还不如用相同的力气，弄成个荷包蛋，外面白银，里面黄金，日月同辉。把城市收缩、紧致起来，建成一个白色的城堡，配以先进的设施，和精致的城市配套，在科尔沁草原上，在与黑龙江和内蒙古的交界处，这样的一个“白色之城”，多么令人神往，它的存在本身就是传奇和梦幻，对白城的倾慕追想，也变成了倾城之恋。

这么梦想一下，也觉得无比美妙。

偕花隐居

很多山都叫花山。

很多花统称山花。

是一种方便的方法。方便，方是框架、规则，不能太离谱儿，总归要有些横竖；便是时务，识时务的不一定是俊杰，平常百姓最懂时务，春种秋收冬藏，难得糊涂，平安是福，在家敬父母，不必远烧香。

苏州的花山不是山花烂漫的花山，山花当然也有，一树树的风姿，绰约美艳，都不缺少，但也仅仅泯于绰约和美艳。“花山”之“花”，是千叶莲花。莲花，不是雪莲花，长在了山上，就有些奇了，奇之为奇，总要有个依据，有个托付，于是，有了天池。“山半有池，横浸山腹，逾数十丈”。

莲花在天池的茧里面托生而来，同时又破茧而出，一枝独秀。客大欺店，把山辟了一半，变成了花山；天池还是天池，千年老店，掬着一汪清水，不愠不喜。花山位东南，天池山列西北，两山并立，不远不近，相看两不厌。

真好。

花山峰顶处，山路的拐弯，是莲颈的一低头，含瞋带痴；山路如莲梗，纤细、修长，向下，直浸入人间水土。山脚处，有小楼一幢，小院一间，院门上面有字：花山隐居。院落不大，楼房不高，玲珑幽静如蚌。

在门外徘徊，不知道院门里面掩着的，是僧是俗？绿肥还是红瘦？

花山隐居是间酒店。

是酒店，却无酒气。这就另类了。就像山峰上头迎风开出朵千叶莲花一样另类。回廊半片，笼络着小院落，里面有汪水，水上有石桥，桥边有株石榴树，年岁尚小，但亭亭已有风姿，石榴花开，绯红有情，花瓣如纱，层层褶褶，石榴裙的艳色让人想起舞娘，近距离时，浓烈让人迷乱，走远了一回头，星星火火，燃烧在绿枝间，有回味，却不刻骨铭心。

回廊边，二楼是客房。洗心居，观心居，静心居，之类，间间都是心房心室。房间里面没有电话、电脑、电视，取而代之的是几本经书。

一楼最主体的房间，是间大茶室。茶案、条几、线香、清茶。在茶盏里，在水里，碧螺春，碧螺红，慢慢地伸展开腰身，茶客的心思散漫如茶汤，或翠碧，或酽红，一遍遍地沏出来。在这里喝茶，不能急，也不必急，越细，越慢，越好。

餐厅也在一楼，侧边的房子里头。早餐是定量供应，瓜果菜蔬，或煮或蒸，加一个鸡蛋一杯豆浆。这个清净的酒店，不只洗心，也清洗体内的弯弯绕绕。午晚餐的素斋，则繁华灿烂，（此处省略关于菜式的几百字介绍），是安慰心灵前，对肠胃进行的安抚。汤水菜蔬，把五脏六腑变成了一片田园。饭罢，青春情侣甜笑，喝茶去？喝茶去！中年夫妇对视，喝茶去？喝茶去！老年夫妇挽扶而起，喝茶去？喝茶去！

花山是个好地方，老子讲此地，“可以度难”。东晋高僧支遁，在这里放鹤养马，马驰于野，鹤游于天。支遁破衣烂衫，风骨高标，王羲之欣赏，名士佩服，皇帝青眼相加。于是有了道场，形成了风气，延续了脉络，儒、释、道中的高手，都在此地往来，达则去人间热烈大爱，穷则来山上参悟佛法清凉。

花山隐居是个好地方。天时地利，生来有福。酒店的蚌壳下面，包藏着一粒禅宗珍珠。人带着伧俗气息进来，洗心革面，在回廊的阴凉里面看着午后阳光把蔷薇花烤出香气，在清茶中发呆冥想，在轻言细语中扔掉职场刀枪。能立地成佛的不是屠夫，而是菩萨的一个花样戏法儿，佛有时候很调皮，拿着一朵花，笑一笑，说，下课了。

下课了。

第四辑

说　事

亲爱的爸妈

我爸妈退休后，加入了市里朝鲜族老年协会。这下子，我爸老文工团的箱底全抖搂出来了，他负责合唱团，从选曲、编曲，给团员们排队形，教唱，声部整合，直至最后演出，有时候还得与时俱进自己作词作曲写歌给大家唱；“岁数大了的人真难摆弄”，他无数次地跟我们感慨。老年协会的会员之热情高涨，经常到了难以理喻的程度，天生五音不全的，年岁渐增变得耳聋走音的，不怎么爱唱歌但觉得自己也应该位列其中的，在位时好歹是个领导现在唱歌也希望能站在中心位置的，每个人都理由充分，不容拒绝，七七八八收编进了团，排好了位置，排练的时候却从未齐整过，几行队伍掉牙似的这儿缺一颗那儿缺一颗，若是下午排练，还有喝得半醉的，身体摇晃着，这种牙待拔不拔的，更让人烦恼揪心。各种各样的问题，让我爸头大如斗，抱怨连声，但每次，他也都雄赳赳气昂昂地奔赴老年协会活动中心。除了合唱团，我爸还有独唱，他的高音跟年轻时候相比，少了嘹亮和天真，多了点儿沧桑，但仍旧能波澜壮阔，余音绕梁；舞蹈那边也需要他的国标范儿，跳舞的时候，我爸跟比他年轻十岁的舞伴站在队列前面，我妈跟比她年老几岁的舞伴在中间或者后面；我妈跟八九个老太太有另外的舞蹈节目，比如水罐舞、花扇舞，动作舒缓，仿佛古老故事的娓娓道来；我们家里经常充满了纸板糊的水罐，彩纸扎的花束，薄绸闪动的扇子，红黄蓝绿的演出服，穿过一次后挂在衣橱里，就像她们的舞蹈节目一样，让人不知道该拿它们怎么办。

相比我妈的静物堆积，我爸在家里动感十足，他弹电子琴，十年间，换了三台琴，功能越来越强大。协会里有个年近七十的老头，迷上了架子鼓，最疯狂的时候他一天打了七八个小时，左邻右舍怨声载道，投诉不休，“鼓一打起来我反正听不见别的。”他振振有词。

家里突然之间变得满满登登的。我们偶尔回家，打开门经常是好几个老太太围着圆桌吃我妈现压的冷面，老太太们对我嘘寒问暖，仿佛我是她们每个人久未归省的女儿。春节的时候有几个未曾谋面的亲戚来家里拜年，这几位姑姑、舅舅以及他们的家人被时光的大手遮蔽了多年，却在老年协会里跟我爸妈邂逅，他们沿着血脉追溯到几辈子前的源头，发现彼此从未真正远离过。

我们跟爸妈的谈话离不开这些人，老友，老同学，老邻居，以及远亲。这种谈话大部分是我爸妈在讲，我们听。这些跟他们息息相关，让他们欢笑或者感慨的人，对我们而言是如此陌生，我们才不关心他们中的谁谁年轻时从朝鲜战场上归来，成为某团幸存的六个人之一，正在计划要写一部回忆录；谁谁年轻时美貌无匹，照片被放大镶进镜框里摆在照相馆橱窗里，现在头发掉得露出了头皮；我们也不在乎哪对夫妻一生碌碌无为，但孩子发了大财，捐助了老年协会的N个活动；哪两位一辈子活得顺风顺水，睥睨人事一览众山小，离休后的十年间，三个女儿相继离婚回了娘家——

这些六七十岁的人，他们一度以为自己的生活面貌大致定型了，但其实还没有。

老年协会里经常发生些黄昏恋，有些人不愿意独自寂寞，明知道自己已经站在人生的末端了，仍旧愿意再次投入到那些必须彼此将就的吃喝拉撒中去、为种种琐事争吵、应酬对方的家人；有些人则不想再组成家庭了，他们在家庭里泡了一辈子，为伴侣，为孩子，以及相关的一切付出了一生，现在，他们要清静清静了。虽然不乏阴差阳错，但也确实有好几对黄昏恋修成了正果，其中的一对是我爸妈的朋友，男人非常有责任感，照顾病妻多年，抚养子女长大成人，退休后又变成了孙子和外孙的保姆，他需要的温暖和关照却无法从子女那里得到；女人是妈妈的朋友，爱逛街爱化妆爱热闹，什么时候都笑口常开，任谁也猜不出她老公酗酒一辈子，他的工资全部用来买酒都还不够，一路把自己喝到了黄泉。他们结婚后双宿双飞，表现出来的默契和喜乐，让人觉得他们之前走过的所有弯路，遭遇的所有挫折，都得到了补偿。

谁不寂寞

所有的人都是寂寞的。

常常是在很多人的场合，很多面孔像向日葵一样散发出光彩、欢声笑语浪花起舞的时候，觉得另外一个真实的自己从身体里悄然起身，默默地打量着眼前的热闹。所有的笑容和言谈都变成了奇怪的、仿佛实物类的东西，它们从人的脸上脱落下来，独自存在；仿佛花瓣剥落后的花梗，光秃秃的，箭一样戳向人心里的痛处。那种疼不是尖利的、痛快的，而是钝钝的，滞留得更久的。

武侠小说，我喜欢的不是金庸，而是古龙。那个长相平平，喜欢过颓废生活的作家。他好像仅有几张照片传世，而我只见过一张，还是他与其他同道的合照。古龙站着，老老实实地笑，看不出什么特别来。古龙写的小说，所有的英雄都天生是英雄，不由分说，任意妄为。不像金庸，很用力、很细致地描述一个英雄之所以是英雄的历程。古龙的英雄因为来得轻易，身上难免带有飘逸之风，同样可能因为来得轻易，这些盖世英雄们难免很寂寞。

寂寞。

无边的寂寞。

深深的寂寞。

每次看到这样的话都忍不住想笑，觉得古龙天真出一种境界来了。但古龙也会说出很世故、很有意味的话来，比如“爱情就像高手过招，谁先动心，谁就满盘皆输”之类的。还有借陆小凤之口打趣老实和尚的那副对子：高僧对名妓。真正懂得寂寞的人常有让人忍俊不禁之举，让别人暂时从寂寞中解脱一会儿。而假如是自己努力地从寂寞中挣扎出来的话，那很可能是一次危险的旅程。危险和寂寞是一对有趣的伙伴，有时是仇敌，有时是朋友，像《喋血双雄》里的周润发和李修贤，一个是杀手一个是警察。他们用枪对着别人，别人也用枪指着他们。生活其实是一场与寂寞无休止的拼杀。

前几天有朋友回老家探望父母，回来后给我们讲，在他家楼下不远的地方，有一个小街，街口用塑料布搭着一个马马虎虎的帐篷，一个捡破烂儿的男人每天在帐篷里进进出出，没有人注意过他。可有一天，他去洗浴中心洗澡，一身的刺青引起了人们的注意，后来有人举报，警察把他抓回去一审，原来是在逃的杀人犯。

他已经躲了好几年了，不知道忽然发了哪根神经？朋友说，对他如此轻易地结束冒险生涯有些悻悻然。我倒觉得正常。这样的人是注定不能过安分日子的，他们的忍耐力是最差的，刺青，杀人，最后入狱或者被枪毙，有些时候，厄运的波澜起伏远比接受漫长的、一成不变的生活要好。

还记得几年前莎朗·斯通主演的电影《窥视》。男主人公是个有着邪气眼神儿的年轻男人，他拥有一栋大楼，却像普通房客一样住在楼里，与其他房客们打招呼，交往，谈恋爱。他有一个秘密的房间，通过摄录机可以看到所有房客的日常生活，每个人都是寂寞的，但几十个寂寞生活的片段被剪接到一起时，寂寞就变得热闹、好看起来。

有一次和几个朋友去酒吧喝酒，看见一个女孩子独自坐在一个很醒目的位置上，她每次都要两瓶啤酒，慢慢地喝完，又要，很平静从容的样子，对四周的目光熟视无睹，或者说，故意做出熟视无睹的姿态。到我们离去时，她的桌子上面已经摆了十六个酒瓶子了，服务生正用托盘托着两瓶酒朝女孩子走去。她身后桌子上一对情侣叽叽歪歪的，女孩子搔首弄姿地对男朋友发嗲……人家寂寞嘛。

我们经过那个开始喝第十七瓶酒的女伙身边时，听见她嘟哝了一句，……妈的，谁不寂寞？

下午的咖啡

下午的咖啡，才是咖啡。

上午的咖啡当然也是咖啡，不过，早饭后的咖啡，总有些服务的意味，为即将到来的学习、工作、见面，提神醒脑，喝着咖啡，舌头上面有味道，心思却在别处。咖啡还是咖啡，但有些不是滋味儿。

下午的咖啡就不一样了。最好是三四点钟，事情忙得差不多了，或者即使忙不完，知道反正是忙不完的，明天再继续。心思是笃定的。形态是慵懒的。阳光这时候不急不躁，虽然明亮，但去意已决。白云闲淡，无所事事；树荫浓郁，聚拢一腔心思。这是幽暗的、个人的时刻，再添上一杯好咖啡，真是应景。

一定是要好咖啡。速溶就算了。忘了是一部什么电影了，电影里面的男人被意大利黑手党追杀，他在喝咖啡，速溶的，意大利黑手党看了咖啡一眼，傲慢地说，“我喝过这种咖啡，就一次！”这是那个演员唯一的台词，不过，他出场也就一两分钟而已。

我抱着靠垫笑了好久。这个笑话像冰咖啡。咖啡还是热的香。磨的时候，香气萌发，粒粒生情；煮的时候，焚香以火，死去活来；喝的时候总算是修成正果；然后才是体会，去除了形式后，内涵慢慢显现，却是在幽暗的五脏六腑里面，咖啡的风韵让人回味。这种回味非常私密，暗度陈仓。而这种心情和气氛，只有在下午才有可能实现。夜晚的咖啡不行。夜晚最衬酒意，薄醉小醉沉醉都好，咖啡根本就是来打岔儿的。对了，冰咖啡的事儿还没说完呢，冰咖啡是青春的，莽撞的。咖啡陷落在冰块中间耍酷，颜值远超实质。冰咖啡本身，就是个冷笑话。

热咖啡才有意思，烫的最好。第一口咖啡，全靠烫，烫像中药的药引子，像戏曲名角儿的开嗓，冷不防的，或者说防不胜防的，让人摇头、叹息、继而微笑。这是咖啡的时刻，几秒钟，但很纯粹。散漫随即而来，东一下西一下的。有一些场面，或者某些瞬间，会突然出现在脑海里。比如某个女子，她在等绿灯过马路，湿着头发，那张没有化妆的脸，可以用“皎洁”来形容，我们的车挡住了她的路，她一边左顾右盼着，一边用手轻轻打散头发，路灯亮的时候，她从我们车前走过去，脚步轻盈，转眼就化入了人群中。能让人惆怅的女孩子越来越少见了，而她自己并不知道自己被记取，被感慨，被追忆了。

下午的咖啡自己喝就可以，有同伴也很好，“白头宫女在，闲坐说玄宗”。下午最适合女人们聚在一起，扯扯八卦，扒扒绯闻。因为无关自己的痛痒，说得格外热烈，不只有态度，而且态度强烈。有次约了闺蜜喝咖啡，她身后跟了她的主管。她解释说刚刚一起在外面工作来着，跟他客气了一句，他还就坡下驴地来了。

主管个子很高，颜值也过得去，自我感觉极好。刚坐下时客气几句，咖啡还没端上来就开始讲他的初恋，那个女孩子如何如何为失去他而痛不欲生，割腕自杀未遂。闺蜜去洗手间的时候，主管仍旧对我滔滔不绝，“我的故事比琼瑶小说更加生动曲折。你不这么觉得吗？”

我不这么觉得。我觉得那个女孩子也不会是什么好货色。仅从他的叙述而言，她的自私任性幽闭跟主管的自恋虚荣卖弄倒是相配得很。

闺蜜后来跟我说，他逮谁都讲这事儿。有人愿意为他去死，这把他得意的，好像镀了金身似的。

唉，这种人也遇到过爱情。有人曾经愿意为他生，愿意为他死。生和死是容易的，因为时间短。冲动可为，转瞬即逝。生死中间，却是一条细水长流。有句烂熟的告白是这么说的：最浪漫的事儿，就是陪你一起慢慢变老。可笑至极，应该说，最不浪漫的事儿，才是跟某个人一起慢慢变老。或者说，最残忍的事儿，就是陪着某个人慢慢变老。陌生感是浪漫的咖啡因。它激发了荷尔蒙。让人目如秋水，舌灿莲花。陌生感的妙处不在于它是未知的，而在于，我们对对方而言，是未知的。因为未知，可以知无不言，言无不尽，一张白纸画出最新、最美的图画。

话题说散了，咖啡也喝完了。

再续！

半开之美

有个男人，娶了个美丽的妻子。每天晚上他们都会出去坐坐，夜总会，酒吧。和普通夫妻不同的是，他们分开坐。每天夜里，男人眼看着，很多男人去跟他美丽的妻子搭讪、调情。

美丽，和珠宝一样，都是要拿出去炫的。炫出来了，人家才会惊叹、感慨，继而各种羡慕嫉妒恨，就像钱，花了才是你的，不花就只是钞票。男人娶的女人不只美丽，还强调，美丽是需要条件的，就像植物需要光需要水一样，美丽也需要追逐追捧追求，爱慕倾心的眼光本身就是美丽的保鲜剂。

男人是聪明人。他的聪明之处，第一表现在，他知道自己的美妻不像珠玉宝石，可以随他的意思藏着掖着，美妻是满园春色，他再怎么关得紧紧的，她还会一枝红杏出墙来。尤其是如今这个时代，非但要出墙，更恨不得要墙里开花墙外香。

他的第二件聪明之处，体现在他对外宣布美人是他的未婚妻。未婚，又妻，既亲近又隔着一层窗户纸。空间却就此产生了，还是一个弹性的空间。猎艳偷香的男人们垂涎女人的美色时，不能不顾虑男人的身份，又多少有些理直气壮。他把妻子的大部分春色关在家里，但每天晚上，他给她机会给她时间一枝红杏出墙。他的妻子处在男人的包围中，满足了虚荣心，但也仅此而已。她毕竟是出墙，是空中的斜画一枝，她几乎没有机会出轨，因为门钥匙还在丈夫手里攥着。时间久了，女人虚荣之外，难免底气不足，眼光流连最多的，反而是自己那坐在远处，若即若离的丈夫。

他给了她空间，也同时留给了自己机会。

这种情形持续了很多年，女人到了五十岁的时候，仍然有令人侧目的风韵，男人则更加风度翩翩了。

绽放的花朵，美则美矣，但一览无余，终归少了些回味。微绽初放时，含着种种低回婉转，蕴藏着种种可能性，任是无情也动人。

很久以前有个男人，半夜里想念朋友，当即搭船赶路，天亮时到了朋友家门前，却转身又回去了。故事的有趣之处就在于此，兴之所至，兴尽而归。拜访的故事，要说极致，首推三顾茅庐，但论意味隽永，非这位性情先生莫属。

法国作家犹瑟纳尔曾经依据日本名著《源氏物语》里面的故事脉络，写了这样一个故事：

日本历史上有位源氏亲王，风流成性，情人无数，年轻时就与他年轻的后母偷情，他过了五十大寿后，发现同样的事情发生在了他的身上。他的第三夫人“西厢公主”与年轻的亲属偷欢，这件事情提醒他到了该和自己的青春告别的时候了。

源氏亲王到山中隐居，念佛经，过着清苦、寂寞的生活。

在源氏亲王的宫殿里，有一位女子，名字叫花散里夫人。她中等人家出身，容貌平凡，侍候过亲王的其他几位妻子。源氏亲王和她的亲密关系，是只在酒醉后的深夜拜访过她几次，他对于她的平凡带着种怜悯。花散里夫人深爱着源氏亲王。他身份尊贵，风度潇洒，他是无数女人的梦中情人；他是花散里夫人至高无上的男神。她低贱的心和身，在他面前匍匐为尘埃。

源氏亲王厌世进山之后，其他妻子虽然也纷纷表示过对亲王的忠贞之情，但天长日久，也就各自整顿心情，投入到自己的新生活中去了。只有花散里夫人，她先是写一些深情的信，没有接到回音，便雇车马来到山中，但亲王表现得冷漠无情，把她赶走了。

花散里夫人不肯善罢甘休，源氏亲王失明以后，她假扮成佃农宋平的女儿，再次成为他的情人。亲王发现她不是懵懂无知的村姑，而是知晓自己来龙去脉的女人，觉得受到侮辱，把她赶走了。

花散里夫人并不绝望。几个月以后，她又扮成了大和省七品贵族的妻子祝三君，为亲王唱了一首歌，源氏亲王激动了起来，花散里夫人又重新成为亲王的情妇。为了能与他长相厮守，她假装不知道他是谁。

他们在山中住了一段时间，亲王要死了。在弥留之际，他追忆自己的爱情生活，历数曾经在他生命的星空中熠熠生辉的女子们，第一位妻子蔡姬，在他的怀抱中死去的夕颜君，与他私通过的后母，她的美色即使在他弥留之际仍然令他目眩神迷，还有羞怯的空蝉夫人，温柔的明石姬，佃农宋平的女儿，祝三君——

源氏亲王娓娓道来，此情可待成追忆。花散里夫人忍不住去提醒他，还有一个，还有一个女人呢——

但亲王已经死了，他忘记的唯一名字，恰恰就是花散里夫人。她爱得太满了，爱得太用力了，她把自己像支箭一样投射了出去，没有击中靶心，也没有了回头路。花散里夫人对爱情的狂热执着最终变成让人内心酸楚的独角戏。源氏亲王死后，她疯了。

花看半开，酒喝微醺。因为埋伏了心机，多了许多胜算。但也因为算计得太清楚了，少了壮怀激烈。

暧　　昧

暧昧实在是个迷人的情感地带。

《水浒传》里面满篇的荷尔蒙和血腥气，却演绎了一段复杂的情感关系。潘金莲先是爱上武二郎，后来出轨西门庆，再后来色胆包天毒死武大郎，再后来武二郎为兄报仇，手刃了嫂子。这本书里，一百单八将水泊梁山的豪迈气概，被一个女人的风流事抢走了大半的风头。潘金莲对武二郎，用心良苦，各种眉来眼去，肢体语言，全都是肉包子打狗，武二郎把包子吞下去，吐出几句心里话给武大郎，家里养了这么个不省心的嫂子，以后还是少出去做买卖，多在家当看守。守其实是守不住的，武二郎刚走，西门庆就溜溜达达地出现在巷子里。跟潘金莲一下子就对上了眼。按说这两个人，才是绝配，眼神一搭，从头看到脚，风流往下跑，从脚看上头，风流往上流。风流归风流。重要的还是在过程，毕竟男女授受不亲，毕竟一个是人妇，一个是人夫。于是就有了王婆，有了“邓驴潘小闲”，两个人被王婆约到一起，吃吃喝喝，酒上了脸，筷子落了地，西门庆捡筷子，捏的却是潘金莲的“金莲”小脚。这段暧昧N部曲被写得如此活色生香，以至于最后西门庆和潘金莲坐实了奸夫淫妇的事实，反而没什么意思了；但也有人觉得这个意思实在有意思，意犹未尽，以此为开头，另辟了蹊径，演绎出了中国文学史上的另一部奇书。

感情的事情，经常暧昧，难免暧昧，必然暧昧。真要较真儿的话，谁与谁的关系不是暧昧的？父母与子女，夫妻与情侣，兄弟和姐妹，上司和下属。有关系必然有暧昧。一道残阳铺水中，还半江瑟瑟半江红呢，没有残阳铺水中，也还有春来江水绿如蓝呢。暧昧关系，本来有宽阔的空间，所有的暧昧关系都是灰色地带，与权势与利益联系在一起时，这种灰色晦暗不明，有股阴险意味儿。加上情感的因素就仿佛加上了绯红色素，变得流光溢彩了。权势利益，总有很多规则不得不遵守，感情却天生有蛮不讲理的特权。我爱，故我在。我在，故我爱。想要翻云便翻云，想要覆雨便覆雨，任意妄为不说，还会被冠以爱情至上之类的美名；在别的关系上面，宁可用“复杂”“麻烦”“千头万绪”之类的词代替，弄来弄去，暧昧关系倒成了男女关系的专用词似的。

男女关系里面，暧昧是最好看、最意味深长的一段。胡兰成第一次见张爱玲，离开时她送他，他打量着她，“你怎么这么高？”只这一句，张爱玲便心领神会。《红玫瑰与白玫瑰》里，娇蕊与振保聊天，娇蕊闲闲地说，“我的心是一所公寓房子”，振保飞快地接话：“那，可有空的房间招租呢？”话一递一过，说得慢条斯理，智商情商刀光剑影波澜起伏。

绯兮兮的暧昧关系实在是成全了不少艺术作品。蒙娜丽莎的微笑，维纳斯的断臂，都因为无法确定而魅力四射。王家卫是最擅长讲述暧昧关系的导演，《重庆森林》里的金城武和林青霞，梁朝伟和王菲，两对暧昧关系被一种异常明亮的色调演绎出来，让人叹为观止。相对而言，《花样年华》就阴郁得多，也曲折得多了，但仍然表达得很华丽、曼妙，仿佛玫瑰的一缕幽魂，香得沁人肺腑，也香得肝肠寸断。这部电影能为众多小资追捧，张曼玉的身段和旗袍只是表面文章，说到底，是电影对暧昧情感婉转忧伤、诗情画意的阐释。

“女人总是说不要，最后还不是半推半就了吗？男人总是说够了，其实多少都不会够。” XO的这个老广告很多年前，可以用横空出世来形容，灯光道具场景音乐无一不考究，画面华丽，俊男美女的具体眉眼早已被广告蜂蜜般的氛围融化掉了。只记得当时两个广告模特儿之间，眼神、肢体、语言的交流，暧昧至极。酒是色媒，意是双关，这些都是显而易见的，当时震惊，是因为它竟敢如此暧昧。并且，暧昧得如此闪闪发光，熠熠生辉。

不一样的烟火

在出租车里忽然听到音乐电台放赵传的歌。沙哑的，声嘶力竭的。一时茫然，懵在了歌声里。

上大学的时候，赵传火红了半边天。那时候他也丑，可声音太特别太震撼，一鸣惊人。

有次也是在出租车里，听到他的歌，“你的心不在了怎么办？何不就在这里散？当爱已经不再温暖，它只是牵绊，又何苦让它再纠缠——”当时也是入定般地坐在车里，到地方了都没下车，直到把那首歌听完。

赵传的成名曲，自己唱：我很丑，可是我很温柔。那没有用。年轻人，有几个懂得温柔是什么？年轻人太年轻了，目光的焦点只放在两个地方，一是钱，二是颜。

赵传是不是个好歌手，谁在乎？

偶像是用来“偶”的，用来想象的。连周星驰都要在娱乐节目里面声明，他是偶像派，不是实力派。偶像人傻钱多，“偶”了哪个明星，直会“呕”出一腔子血来。很多粉丝对自己悭吝至极，却买奢侈品送偶像，韩流的歌星唱歌时，忽然一个包包从观众席上扔到舞台上面。这种追捧也是没治了，台上台下，两处尴尬。但偶像还是高兴的吧？ 毕竟砸他们的是奢侈品，是宠爱。韩流的明星，男生也要抹粉底，也要文眉毛。有色相，才能出来扮相，扮相好了，才招粉丝喜欢。撒娇撒泼、要死要活，虽然烦人，可中心思想是他们啊，在世界的中心，这种感觉多么荣耀。

赵传有才能无颜值，他的歌声没有娘娘腔，不像甜品，也成为不了广场舞伴唱。他的歌声也很难用来日常消遣，因为过于悲怆了。他的悲怆感是真的。可听众不喜欢。赵传属于某些特定情绪，特殊时刻。那一瞬间，想爆发，想嘶喊，想骂，想哭出来，这时候，我们需要赵传。

爱要怎么说出口？我的心里好难过。

这是赵传。

在一片奶油小生中间，一张民工大叔的脸，这是赵传。

在众多假唱，以调情挑逗的表情包为自己开脱的表演中间，把自己的衬衫撕开，跪倒在舞台上的那个男人，这是赵传。

赵传也大红大紫过。在上世纪九十年代。那个年代盛行文艺范儿，赵传应时而出。如果放到今天，美颜是通行证，丑脸是墓志铭的时代，赵传能破茧而出还是沦为酒吧驻唱，很难讲。

舞台是个放烟花的地方。璀璨有时。风光有时。登台的时候锣鼓喧天，掌声雷动，那一瞬间，成为中心，成为永远；下场的路却是黑的、静的，哪怕不是一个人，也不过是三两好友，同事。

烟火总有得放，火烧得旺，灰得也快；烟嘛，不管怎么袅娜，总会烟消云散。

刺 客 们

我读的第一本武侠小说是《玉娇龙》。那会儿刚上初中，记得小说里有一个细节，玉娇龙在床上背对着碧眼狐狸躺着，碧眼狐狸当她睡着了，在房间里四处巡视，待她不经意间转过头来时，发现玉娇龙已经是正对着她躺着了，却仍然摆着沉睡的姿态。碧眼狐狸着实吓得不轻。

比比皆是的这类浪漫奇诡，使得武侠世界宛若一卷大幕，在读者们的想象空间里徐徐铺展开来。少年时候看多了武侠小说，我经常希望或者说几乎可以确定，有个神秘的组织，或者某个人，会在某一天忽然把我带走。几年以后我重新回到这个世界时，我已经身怀绝技。在平常的日子里，我是最平常的人，被人忽略，偶尔也被别人戏弄嘲笑，但是一旦出现了险恶的情况，我会从人群之中像神仙一样飞起来，从腰间抽出一条软软的像绸带子一类的东西，迎风一抖，它就化为干将莫邪一类的宝剑。

后来我发现这个故事是真的，只不过发生在别的女孩子身上，她叫聂隐娘——这个名字起得好，武侠传奇之类的故事中，主人公的名字都自带故事和气场，英姿勃发——本来是个大家闺秀，有一天被上门求布施的尼姑看中、带走，多年后回到家中，已经是沧海桑田。聂隐娘的师父在她脑后开了个神秘的鞘处，能藏匕首；聂隐娘的本事之大，几乎是无限的，能于市井取人首级，而人莫能见，取来的首级则用药化成水。金庸笔下的韦小宝也用过这种药，不知道是不是从《刺客聂隐娘》里偷了师。有一天有个磨镜少年到家里来磨镜，聂隐娘对父母说，我要嫁这个人。于是就嫁了。

江湖夜雨十年灯。江湖太神秘了，太浩渺了，太跌宕了，什么都能埋在里面而不动声色。每个人都能从江湖里舀出自己的那瓶水，云在青天水在瓶。

鲁迅先生的《传奇》第一篇，是《铸剑》。眉间尺的父亲是著名的铸剑师，奉命铸成雄雌两剑，“纯青的、透明的，正像两条冰”，名剑铸成之日，铸剑师留了雄剑在家，嘱咐妻子待儿子长大成人后替他报仇。果然不出所料，第一个用血饲雌剑的人便是铸剑师自己。眉间尺长到十六岁，遵父母命去报仇，雄剑出世的刹那，“窗外的星月和屋里的松明似乎都骤然失去了光辉，唯有青光充塞宇内。那剑便溶在这青光中，看去好像一无所有。”眉间尺穿着青衣，背着雄剑，衣剑一色地出了家门。心思用得细，架子搭得足，奈何却没有本事。这时候出来一个剑客，行侠仗义，愿意为眉间尺代行复仇大事。他砍了眉间尺的头做诱饵，去见大王，说自己变得好戏法儿。这个好戏法儿是眉间尺的头在一锅沸水里涌动，挤眉弄眼，还可以歌唱，大王在锅边看得入神，被剑客挥起雄剑砍落了人头，落入沸水锅中。仇人相见，哪怕只剩下头，也要切齿互咬，眉间尺到底是个少年，他几乎还没真正长大，遇见的人却一个比一个狠毒决绝，母亲要了自己的命，绝了他的后路；剑客为了要大王的命，先要了他的命；大王没了命，也能咬得他面目模糊。侠客帮人帮到底，他砍了自己的头——这一笔最最光彩照人。江湖儿女，一言既出，不负如来不负卿，真正是荡气回肠——加入到沸水中的咬局，咬得大王无法喘息，三个人最终炖成了一锅人头汤，血肉都混在一处，爱恨恩仇炖到烂熟。

余华年轻时写过一个短篇小说，叫《鲜血梅花》，主人公阮海阔就是翻版的眉间尺。一样的懦弱优柔，一样在母亲腹中便肩负着为父报仇的使命。阮海阔背着父亲的梅花剑浪迹天涯，寻访仇人，茫然无助，梅花剑在他肩上，随着他的奔波已经生出了斑斑锈迹，他在茫然盲目的寻仇之路上，顺便替人传递了两次讯息，这两次他不明就里的传递，阴差阳错地召唤了两位高手——黑针大侠和胭脂女——他们通过传递过来的讯息找到了阮海阔的仇人，杀死了他。《鲜血梅花》比起《铸剑》，少了呐喊，多了彷徨。

刺客们虽然以杀人为己任，但行为气度经常会气贯长虹，荡气回肠，如此激烈灿烂，连太史公也沉迷于此，《史记》里辟有《刺客列传》，让他们佩刀持剑，堂而皇之，登堂入室。

关于紫罗兰

据希腊神话记述，维纳斯与情人离别，依依不舍，晶莹的泪珠滴落到泥土上，次年春天，竟然发芽长大，开出一朵朵美丽的花儿，这就是紫罗兰。

紫罗兰是草本植物中花朵最娇艳的品种之一，早期作为香药来栽培，二十一世纪初才被培育成观赏花卉。

紫罗兰给人一种强烈的诉说感，这显然和它的花形有关：花枝单茎，不蔓不枝，亭亭玉立；花开时，花序修长，花朵细密，如砌如雕。紫罗兰通常盛开于五六月间，常被园丁种植于窗前廊下，它独特而浓烈的芬芳气息，恰如恋人的情话絮语，在浪漫的春夏之夜，娓娓道来，浓情绵密，甜蜜温存。

爱情中的倾诉是爱意深切最好的证明，絮絮叨叨的本身蕴含着巨大的喜悦情绪，鸡毛变成孔雀翎羽，蒜皮则化为水仙的舞鞋，侃侃而谈，喋喋不休，直到两口做成一个“吕”字，才算暂时画上了句号。

恋爱中的男女，说什么其实不重要，说本身，才是重点。倾诉是危险的，全盘托出的，不只是日常种种，更是自己的心和身，为了吸引、收服对方，把自己当成了祭品。所以才说，问世间，情为何物？直教人生死相许。而倾听的人，有主动被动之分，主动的，自然是跟诉说者两情相悦，语言就像层窗户纸，他们玩味着这层窗户纸，明明一个指头就能戳破，偏要弄成万里长城万水千山，那种起伏绵延，把情感的弹性拉成了长征，长征不怕絮语，不怕细小，爱情长征怕的是终点，所以，窗户纸很重要，有时候还要贴上各种剪纸窗花；被动的，自然是成了诉说者的围猎对象。一个愿意给你讲幼儿园傻萌事件，中学时的初恋对象，大学时冒险故事的人，并不是在考虑让你当他的传记写作人，而是要把你网罗进他的个人经历辞典中，你将成为某个词条，而很有可能，你会变成他下次围猎别人的手段之一。

与诉说相对应的，是语言的消失。排除心有灵犀一点通，此时无声胜有声的境界，再排除掉眉来眼去，眉目传情，或者暧昧的身体语言；情人之间若是无言以对，或者言简意赅，相敬如宾，那通常意味着爱情的结束。《倾城之恋》里面，风流公子范柳原最终娶了白流苏，但他不再跟她开玩笑了，他的俏皮话要省下来讲给别的女人听。回想当年他们在香港，范柳原带着白流苏去逛街吃上海菜，各种殷勤小手段，她说他有点儿傻，他答：

“跟你在一起，我就喜欢做各种傻事。甚至于乘着电车兜圈子，看一部看过了两次的电影——”白流苏道，“因为你被我传染了傻气，是不是？”范柳原笑道：“你爱怎么解释，就怎么解释。”回想那时的你来我往，刀一句剑一句，难怪白流苏虽然修成了正果，却难免“有点儿怅惘”。

紫罗兰是情人间化解误会时的首选花卉，花语掷地有声：“请相信我。”

如此坚定的花语和紫罗兰的浪漫很不协调，但细想其花所具的品性，又让人觉得可以接受。因为天性浪漫，所以容易移情，而越是容易移情的人，越擅长于表白、许愿、起誓。

爱情中的解释并不比爱情中的诉说有更多的漏洞，它们听上去不堪和尴尬，是因为情感先于身体的转移。正如同被抽走丝的茧壳，花谢之后的残叶，红颜凋零的美人，落魄无奈的英雄。

说到落魄的英雄，想起拿破仑，他失去皇位，被押解到圣海伦岛去之前，最后一次为约瑟芬扫墓，并在她的墓前种植了一丛终年开花的紫罗兰。拿破仑死后，他从未离身的金首饰盒里装着两样东西：一绺头发和两朵枯萎的紫罗兰花；一个是他爱子的胎发，一个则是他跟约瑟芬的爱情象征。唉，英雄气短，儿女情长。

名叫后花园的酒吧

后花园酒吧在一个胡同里面，胡同跟繁华的商业街连着，商业街一条大路大起大落波浪宽，波浪因为被拉长，变得舒缓了，走在波浪街上的人和车，有起伏感但不会有障碍，说句实话，天底下的路哪有太平的？跟商业街相连的胡同有很多，“锦水”只是其中之一，一个小分叉，旁逸斜出。酒吧就在这个分叉的梢头。酒吧不是豆蔻梢头二月初，而是红杏枝头春意闹。红杏和春意，以及闹，不在门外，在门里。

后花园酒吧每天下午两点钟开门，卖酒，卖咖啡，卖茶，以及其他饮料。还有小食。小食有一搭没一搭的，像调情或者逗闷子，不饥不饱的，不能当回事儿也不能太不当回事儿。

六点钟以后，这里只供应酒类饮品。不是没有软饮料，不卖！不喝酒就喝水，水是无限续杯的。但光坐在这里喝水也是不行的，总得先点儿酒，哪怕你不喝，你开了盖放着，那也相当于是药引子，是中心思想，是你占据着一个桌子一个座位的保障，在这个药引子的提升下，在中心思想的照耀下，在存在资格的保障下，客人们大可以对着酒，以水代酒，水不醉人人自醉。

但水毕竟是水。形态跟酒有一拼，但内涵千差万别。后花园酒吧里的灯光，是一种水红色，有点儿像稀释了的樱桃酒，也有点儿像美人脸上的薄醉。

喝酒和做爱一样，是讲究氛围和情绪的。瞪着一对清醒的眼睛，板着一张冷静的脸，对于喝酒的人和想做爱的人来说，就像两肋插刀。没有比这更狠的了。没有比这更恶毒的了。酒吧酒吧，不喝酒到酒吧干什么？街上那么多咖啡语茶。桌上铺着格子桌布，桌布上摆着鲜花干花纸花绢花塑料花，还有糖和咖啡伴侣，沙发颜色鲜艳，和格子桌布相映成趣。音响里流动着《致爱丽丝》，或者韩流电视剧主题歌。茶对咖啡说，你是糜烂的中产阶级。你是巧克力情人，我是桃花潭水。咖啡提起一股真气，茶能放松身心。咖啡处心积虑地系铃，茶不动声色地解铃，咖啡那边厢香囊暗解，茶这边厢罗带轻分。咖啡年少气盛，茶世事通达。咖啡和茶适合在有光的地方，安静的地方，慢条斯理地喝，想不通怎么还有人要到酒吧喝咖啡喝茶？一进门耳朵就被音乐震得半聋了，眼睛被灯光搞得半瞎了，美女们在樱桃色光晕里面身姿绰约，这时候，这种时候，喝的不是酒而是软兮兮的饮料？你是怎么想的？你是怎么想的？你是怎么想的？！

扯远了扯远了，还是说酒，说酒吧。酒吧的名字叫后花园，这个名字起得好。后花园是个暧昧的地方。金风和玉露相逢的地方。是眉来眼去的地方。是意乱情迷的地方。或许也是以身相许的地方。它同时也是始乱终弃的地方。分手的地方。互相抱怨指责的地方。情侣变成怨偶的地方。用酒壮胆的地方。小人物变成大英雄的地方。硬汉变成一摊泥的地方。总而言之这是个混乱的地方。丢掉清醒的地方。失去理智的地方。是今宵有酒今宵醉，在我醉后哪管洪水滔天的地方。

后花园雇的侍应生清一色是韩流小鲜肉，他们上岗前要染头发打粉底画眼线；接受被女酒鬼亲脸蛋儿被男酒鬼骂娘时如何接招、对已经喝多酒没钱再喝又偏偏要喝的酒鬼如何应付，顾客之间打起来时如何做出正确判断之类的职业训练。培训他们的是老板和老板娘。

后花园的老板气势雄伟，长相粗俗，一副没怎么进化好的样子，不说话时像个瓦片，像块砖头，像间毛坯房。老板娘就不一样了，皮肤白嫩，打扮入时，眼睛会说话，被老板的粗糙那么一衬，就像瓦片上的一汪水，砖头缝里的一朵花，毛坯房既豪华又不失品位的装修，别提多小巧玲珑温柔可人了。后花园酒吧的老板话很少，但一句顶一万句。而且他一开口就不粗俗了，像老板娘说的，我们老板是文化人。

女二

女二通常是个悲催角色，是先有亮，然后为了让亮更亮而标配的瑜，这个瑜完全可以换个偏旁，玉换车，变成输，女二号注定是个输家。女二的标配是为女一服务，偶尔光芒乍现，抢得一小席灿烂光景，那是出了意外，咸鱼返了生。而女主角是美人鱼，有长发、丽颜、美胸、细腰，还有一个浪漫主义加魔幻现实主义的尾巴；各种客观条件的撩人和吸引，还要加上主观刻意的起承转合，想不夺目也难。

女二里面比较著名又比较讨嫌的是红娘。待月西厢下，迎风户半开。崔小姐大家闺秀，寂寞难免是寂寞的，但哪个大家闺秀又不是如此呢，待月西厢，寂寞里面倒也有股诗意，千红万紫安排着，只待春雷第一声。但等不及的是红娘。风流倜傥的张君瑞一亮相，红娘就把持不住了，各种拿捏，乔模乔样，只恨自己没本事变女一，转而把一腔心情期望寄在了女一身上，急煞煞地迎风把门户半开，里勾外结，里呼外应，好一顿忙活折腾，折腾出一段私情，著名程度直逼入骨，司马相如和卓文君要不是有《凤求凰》，只怕还真招架不住。《凤求凰》里，佳人不在东墙。《西厢记》里面崔莺莺来到了西厢。《西厢记》真实版里，张生对崔莺莺始乱终弃，有情人终成眷属不过是戏台神话。红娘老了，被从大户人家里打发出去，就变成了市井里的王婆，仍旧不安分，弄出了西门庆和潘金莲这一桩公案。

女二里面，比较好的是小青。

小青是条蛇，女一也是条蛇，白蛇。

白蛇修炼了一千八百年，青蛇修炼了五百年。按理说，青蛇的颜色才是正常的，白蛇倒有可能是得了白化病。但也可能是修行久了，修出了随心所欲的肤色。一白生百媚。白蛇修成了人身，带着小青来到人间，千年走一回。白蛇起了个名字，白素贞。青蛇将就着，唤作小青。女一和女二，从一开始就定了基调。

白素贞西湖赏景，看上了许仙，呼风唤雨，行勾引之事，小青旁边看着；白素贞把许仙勾引到手，两个人成了亲，过上了日子，小青旁边看着、陪着；神仙眷属的故事太顺利、太美好了，也让人起腻，于是弄来个法海和尚，搅起了风云。法海火眼金睛，一眼看清在这个爱情故事中，许仙是一个薄弱环节，就挑拨开了，什么不好玩儿？弄条蛇当娘子天天在床上抱着睡觉？许仙一听就麻爪了，就灌白素贞雄黄酒，让她显了形，结果第一个受害者是他自己，这个绣花枕头吓得死过去了。所有这些发生时，小青急白蛇所急，但还是看着陪着，参与但不抢戏；白素贞盗来千年灵芝，救了许仙的命，他却一转身逃进金山寺去找法海了。白素贞急了眼，挺着个大肚子水漫了金山。小青看着陪着配合着，她和白素贞一起，文艺戏码变武打。及至到了断桥，人蛇情未了，夫妻二人相遇，小青——终于有戏份了——举起剑，非宰了许仙这个忘恩负义的东西。千年等一回啊，女二好不容易有个露脸的机会，女一白素贞于紧要关头冲出来，一边阻着剑，一边护着情郎，跟小青咿咿呀呀，跟情郎呀呀咿咿，风头抢得风卷残云，女二和男一变成了戏架子。搭着女一这份幽怨缠绵，千回百转，像两只水袖，一会儿甩脱，一会儿笼络，一会儿又甩脱，一会儿又笼络，女二小青只怕心下暗忖，女二和女一之间的距离有多远？一千三百年。

为小青喊冤的人有。香港的作家李碧华写了小说《青蛇》，让女一白蛇和女二青蛇华丽丽地互换了下身份。小青变成女一仍旧恪守底线，她没变成第三者。为了配合小青的妖娆，李碧华把老核桃法海变成了青葱少年法师。蛇妖小青和法师小青，两个小青碰撞在一起，一汪春水中激起天雷地火，把古老故事变成了青春戏，男二年少气盛，上天入地，秀颜值秀肌肉秀法术，女二的修炼不足摇身一变成了优点，腰身如柳，风情初绽，耍宝卖萌，把白蛇的老辣资深完整地还原成老气横秋。

撬动地球没什么难的，难其实难在找到合适的杠杆。

小青为什么能咸鱼返生？可能是原版故事里面，她把女二的本分表现得太好太彻底了，这么循规蹈矩，倒让人看着不服气。于是就有好事的作家或者编剧，跳出来没事儿找事儿了。

说到性情这事儿

有一句话说，性格即命运。其实，性情也是命运。

鸿门宴上，亚父世故，劝项羽除掉刘邦，越快越好。项羽本来也想杀刘邦的，但年轻气盛，与亚父赌着一口气。在他眼里，刘邦，一只臭虫而已，个头可能大了点儿，但仍然是一只臭虫。他连阿房宫都敢烧，一只臭虫算老几。亚父那么紧张，分明是小瞧了自己，偏不杀他，看刘邦这条咸鱼能蹦跶到哪儿。世事难料，刘邦这条咸鱼还真的返生了，不只返了生，还跃了龙门。项羽兵败，落魄江边，想渡他过江的渔夫苦口婆心地劝，江东子弟多才俊，卷土重来未可知。项羽才没那份心思呢！胜就胜了，败就败了。道理像手里的兵刃一样雪亮。更何况虞姬刚刚当着他的面抹了脖子，这个女人活着时候漂亮，死的时候更漂亮，拿性命跟自己所爱的男人叫了一回板，什么叫以身相许？什么叫万死不辞？虞姬是古今少有的聪明女人。也确实担得起红颜知己的称呼，她不怕失败，但怕见到项羽落魄寒酸的样子，项羽的台面太大，赢得太多，输不起了。所以，她用一死而保存了项羽的自尊。

失败是很丑陋的。就像勾践，什么下作的事情都做了。最后雪了恨、复了国、做了王，可又怎么样呢？人们还是轻视他。项羽就正好相反，江山不过是个超级舒服的沙发，谁坐不是坐？谁坐能坐一万世？虞姬死了，项羽独活的话那还能叫爷们儿吗？风光也风光过了，排场也排场过了，项羽虞姬临死还顺手在民间流传了一个爱情的千古绝唱。真是让人服气到吐血。

性情中人啊性情中人。

性情体现在人身上，是个定音儿，是个调门儿，还是人生大戏的戏核儿。为了负心汉许仙，白娘子挺着大肚子也敢水漫金山，落得个被镇压在雷峰塔下的结局，这位看官说了，人家白娘子入的是仙籍，这话不假，可祝英台呢？她可是地道的人间制造。为了梁山伯那个穷小子，非跟自己的爹划清界限不可，非跟自己的万贯家财过不去不可。到最后，终于嫁了，半路上杀到梁山伯的坟上，那坟也跟着添乱，像情人的怀抱一样朝祝小妹打开了，于是乎祝小妹纵身跃入坟内，从此江湖又多了一个关于蝴蝶的传说。

性情是痛快的，爱就爱了，恨便恨了，不管不顾。相对于社会规则，性情不是革命者，而是贵族，用傲慢的眼神儿蔑视大众，因恣意妄为而触怒公众。难怪斯塔尔死揪着克林顿的要害处不撒手，凭什么呀？克林顿不是普通白领，身为美国最重要的形象代言人，竟然玩儿起婚外恋来了，竟然把风流事儿做到白宫里来了。还有长了一张猛兽脸的泰森，因为强奸罪蹲大牢，出狱没多少日子，又在大庭广众之下拿人家的耳朵当饼干咬。有记者问，他还受了多大委曲似的直着脖子叫，谁让他老搂抱？！

要说性情这不合时宜的玩意儿真是害人不浅啊。克林顿绯闻曝了光，堂堂总统让人审得鼻子揪长了半寸，形象是狼狈了点儿，可更招人喜欢了似的。最惨的倒是斯塔尔，一心追求司法公正，结果让纳税人骂得狗血淋头。还有风光正盛时的拳王泰森，甭管他干出多少野蛮行径，出场费的价码儿就是居高不下，他打一场拳赶上非发达小国一年的国民收入。上哪儿说理去？！

性情是一种紧张感，哪怕一言不发，也让人放心不下。它同时又是对生活中全部意外的最原初、最有说服力的解释，是所有置疑的终结。性情常常带来大惊喜，韦小宝能从小太监一步一摇身地变成韦爵爷，妓女的儿子能娶七个如花似玉身家清白的老婆，运气是外因，性情才是主要的。

所谓性情，即是“虽千万人，吾往矣”的任性，至于“往”到哪里去，只能走一步看一步了。

说起茉莉花

说起茉莉花。从哪里说起呢？民歌里面有《茉莉花》。劈头就是一句：好一朵美丽的茉莉花。定位也好，感慨也罢，不由分说，铁板钉钉。这就有些没意思了。“好一朵美丽的”，这种带着叹息般的赞美，从感觉上更适合形容比较大的花朵，比如牡丹，比如荷花，一个是“云想衣裳花想容”，一个是“映日荷花别样红”，这种气势和格局，才适合“好一朵美丽的”。茉莉花小模小样，上来来一句“好一朵美丽的”，真是大惊小怪。

茉莉花其实也算不上是美丽的。花形，花样，花性，在花花世界里，别说是佳丽了，就连佳丽身边的闺蜜，也轮不上她。它能在众芳国里谋得一席之位，是靠了它的香气。汉朝时，茉莉由印度引进，“疑是化人天上至，毗那一夜满城香”。茉莉实在是太香了，香得浓郁，推不开躲不开的，沁人肌肤也沁人心脾，就像一个女子，相貌平庸，出身寒苦，怎奈风韵十足，因此而成了市井巷陌里的明星，倒比那些冰山美女们更撩拨春心，剪不断理还乱。

茉莉花大多是白色，也有淡紫色。古代时，有红茉莉，色艳但无香；还有朱茉莉，开粉红色花；《广东志》记，雷琼二州有绿茉莉，花似茑萝；有黄茉莉，名黄馨。朱茉莉和黄馨，是两个好名字，朱姓黄姓家庭里面，生了女儿，取这个名字，名字里面嵌了茉莉，余音绕梁，暗香浮动，多么好。

茉莉的好，好在它的市井气。没什么架子，不需要什么格局。花型小巧，虽不乏娇俏，但也终究沦于平凡庸俗，但浓烈的香气又使它于低处陡然扬起，它的热闹是家长里短的热闹，情调是闺房式的情调。古时南越的女子，用丝线穿茉莉花心当首饰戴，干花则用来充塞荷包香囊；以茉莉鲜花蒸液，可制成女子滋润香肌的面脂。《东坡集》中有记载，“东坡谪儋耳，见黎女竞簪茉莉，含槟榔。戏书‘暗麝著人簪茉莉，红潮登颊醉槟榔’。”

苏东坡是天下最有趣味的男人，能“大江东去，浪淘尽，千古风流人物”，也能“日啖荔枝三百颗，不辞长作岭南人”，还能闲来袖手，欣赏女孩子嚼槟榔、戴茉莉，身边若有同道，必然还要跟人讨论下哪个燕瘦，哪个环肥，以及肥瘦不同的妙处。这个男人连菜也做得很好，东坡肉颜色酽红，油光十足，一副富贵荣华的样子。

茉莉也可入菜，想必苏东坡也试过，只是没有流传。茉莉虽是凡俗花朵，入了菜，格调却立时高雅起来。茉莉的花香，在花花世界里面，过于味厚了，但在食物烟火气中，却香出了一脉清奇。除了烹饪，茉莉自古便是制作香油和香水的原料，也是香茶的赋香材料。此外，还可入药入酒。因为民间，所以实用？还是过于实用，因此民间？

茉莉花的花形加上香气，很像民间俚语，细细碎碎磨牙似的闲言闲语，飞短流长，巷口芝麻粒大的事件，口口相传，到巷尾变成了西瓜。这个过程最让人愉悦的是，我你他，均是“口口”的一部分。至于真相，谁管它？！

流言蜚语，是民间生活中最重要的一部分。没有流言的日子，相当于没放盐的菜，寡滋淡味儿的，多无聊。流言蜚语虽然难免要牺牲一小部分人的隐私，但它让广大群众如此快乐、空前团结，真是“功德无量”啊。现在到了传媒时代，多少星多少准星多少草根星，为了“吸粉”“博眼球”，今天露底明日走光，浑身上下的N斤N两肉拍来拍去，男不男女不女，非男非女，忽男忽女，变化到变态的分儿上，真让人——

罢罢罢，还是去说茉莉花，“真香入玉初无信，香欲寻人玉始开”。

真要表扬茉莉花的话，也不是没有角度，茉莉随和、温情、也奔放热烈，“与王郎摘，美人戴，总相宜。”《茉莉花》虽然是民歌，却也堪称“一姐”，独秀于乐坛。《茉莉花》 歌词早在清朝乾隆年间，即已形成。世界著名的歌剧大师、意大利作曲家普契尼创作歌剧《图兰朵》时，把《茉莉花》的曲调引入该剧。所以说嘛，茉莉这位民间一姐，入得厨房，登得厅堂，既博古又通今，低调高调，处理得甚有情调。

小野丽莎的《阿里郎》

《阿里郎》是朝鲜半岛国宝级的民歌。对于能歌善舞的朝鲜民族来说，民歌并不少见，朝鲜民歌有很强的旋律，有的且唱且哼，含着复式结构，像《桔梗谣》《诺多尔江边》，有的高亢嘹亮，百转千回，像《哩哩哩》《嘱嘿呀》之类，《阿里郎》是介于两者中间的状态，有浅唱低吟的部分，也有飞扬的、直上云霄的段落。但这首民谣能一枝独秀，很重要的原因在于它是一首情歌，情歌在朝鲜民谣里面，可并不多见。

《阿里郎》是从女性视角唱的，爱郎离去，佳人忧郁。

"阿里郎，阿里郎，阿拉里哟，我的郎越过了阿里郎岗。弃我远去的我的郎哟，走不出十里路，脚痛难当；阿里郎，阿里郎，阿拉里哟，我的郎越过了阿里郎岗，天空上面星星闪亮哟，我们的心里多少梦想发光；阿里郎，阿里郎，阿拉里哟，我的郎越过了阿里郎岗，阿里郎岗有十二个山岗，路弯弯，心弯弯，冷泪横淌；阿里郎，阿里郎，阿拉里哟，我的郎越过了阿里郎岗，远远的那座山是白头山哟，哪怕寒冬腊月，山花绽放。”

这首民歌跟中国陕北的《走西口》有相似之处，都是少女或者少妇的抒怀之作。爱和怨，赤诚诚，火辣辣，爱人的体温仍然停留在肌肤上面，生离的撕心裂肺血丝缕缕，优美的曲调跟悲怆的心态，像冰里面含着的火，火里面煨着的冰。痛苦，有多么真纯，就有多么清冽。

最近听小野丽莎的《阿里郎》，一时竟呆住了。她把这首明朗如晨的情歌唱得像下午茶时分女人的闲谈，女人不年轻了，歌声里面的激越成分被处理得圆润、婉转；女人当然也不老，情感生活还没有变成清风白云，事不关己；女人洞悉了世情，但仍旧难免迷惑于红尘，情感少了冲动，却糅进了细腻，宛若梳齿慢慢地从秀发中穿过——

伤和痛，有过，过去了。

很奇怪的是，在听这首歌的时候，想起日本电影《失乐园》里那对情人的最后一顿饭。两个人沉默地坐在小桌边，从容不迫地吃着饭，黑色漆器餐具，衬着白色米粒，宁静淡远，这是最后一顿饭，也是每一顿饭。两个中年男女，不年轻了，但也不老，他们正好走在人生的中段。他们遭遇了激情，他们对此心怀感激，当他们无法把激情延续下去，他们决定停留在这一刻。他们不是年轻殉情，像罗密欧与朱丽叶那种血光横飞的激越飞扬，冲动、决绝、爱恨强烈；《失乐园》里的男女是冷静理智的，爱情于他们是衣食住行的一部分，而已，生活如海潮日复一日地潮涨潮落，他们在偶然间，被浪花的手牵住，有些割舍不下。中年就应该是这样平淡从容，看淡，也看透。

说多了，还是听歌吧——

小野丽莎把这首歌唱得多么现代啊：你好，爱情；你好，忧愁；你好，别离！这首歌里含着的那颗古典的魂魄，从天上的月亮散成了满地的银光。爱恨仍然贵重，但已不再是传奇，现代精神调和了爱恨，把它们勾兑成了惆怅。

惆怅也还好，怕只怕，惆怅踩着凌波微步，几个摇曳，变成了虚无。

旬之味

日本有不少美食书，食谱是按照季节排列更替的，例如秋天吃松茸、栗子，冬天食用螃蟹、河豚等。用当令食材制作的美食，即是旬之味，“旬”是指食物的盛产期，味道最好的时候。

食物如此，女人何尝不是？

总觉得张曼玉拍成龙《警察故事》的时候可爱，一脸的婴儿肥，笑起来眼睛眯着，龇一对虎牙，天真烂漫。《警察故事》不只是功夫片，也是搞笑片，情节设置原本有如山间涧流，奔腾，惊险，轻快，有了张曼玉，这条河里无疑多了尾灿烂的鱼。后来张曼玉演阮玲玉、演青蛇、演甜蜜蜜，在电影情节之外，属于她自身的气质开始形成了，那是张曼玉的“旬之味”时期，热烈、含蓄、饱满，又张弛有度，还搭配了一股绮丽悲情，也同时在她身上滋长，连爱情也浪漫无比，既温情又多情的法国帅哥，还是导演。天作之合。到张曼玉拍《花样年华》时候，她作为女人的风头也到了峰顶，窈窕的腰身，窄窄的脸，虎牙早就修掉了，笑容因为整齐的牙齿仿佛被格式化了，多了矜持，少了娇憨。当年的少女长大成人，变成老戏骨了。正如电影名字，花样年华，张曼玉那会儿也还是花样年华，不过，不是春花而是秋花，春花有点儿傻大姐儿风格，开得战战兢兢的，张大眼睛，看什么都新鲜，看什么都好奇，风也是好的雨也是亲的，及至落地，也还带着一份喜悦，化作春泥更护花。秋花不同，秋花是老花骨，颜色是花从骨子里头抽出血来灌溉的，艳得惊心，也艳得凄绝。香也香得狠，不像夏天的茉莉栀子，香气脉脉，撩拨着，暧昧着，放纵着，无所谓着，秋花的香是救命的稻草，因为输不起，几乎变成一种毒。张曼玉在《花样年华》里也是一种毒，从头发丝到脚指头，无一处不精致，无一处不考究，她的落寞因而有了重量，有了痛楚，进而变成象征，变成经典，但张曼玉不再亲切、不容易被接受了，如同《花样年华》的电影音乐，旋律深入人心，但记得住歌词的，又有几人？忧郁优雅终于在她的身上打败了天真烂漫，永远地。

在合适的年龄做合适的事情，正如当令时蔬的烹制，因为符合自然时序，食物味道格外好，营养也尤其丰富。在女人“保鲜”的诸多方式中，如何保持并发扬自己的“旬之味”，即使说不上是“首要”，也绝对是“重要”。

比如说林青霞，年轻时候风光无限，美到说一句颠倒众生，也毫不夸张，四十多岁时，林青霞退出娱乐圈，回家相夫教子，五十岁了，举手投足间，富家太太的雍容华贵赏心悦目；而同样身为昨夜星辰，刘嘉玲如今还三天两头地闹新闻，一会儿跟谁谁传出了绯闻，一会儿又说她为了笼络梁朝伟的心，请道士作法，忙来忙去的，好不辛酸。还有大眼美女关之琳，年轻时明眸善睐，引无数英雄竞折腰，谁想到她过了四十，会变成港台娱乐圈姐弟恋的魁首呢，虽然不愁寂寞，但自己花钱谈恋爱（偶尔尚须倒贴？），总归怪恓惶的。现在，林青霞六十多岁了，偶尔出来晃晃，写本书秀秀，上上节目，总归还是进退有度。她是明星，也是老太太；刘嘉玲还是继续折腾，她对光环和关注太热爱了，只怕到死那天，才会不得不撒手；关之琳一度隐婚，男方年龄身家各种相配，但举案齐眉到底意难平，还是分手收场，重又回到起浮跌宕中去。

女人有姿色，就像食材有美味，清蒸白灼，总有些不甘；浓油赤酱，又要嫌口重。

不过，最惨还是梅艳芳。年轻时以《坏女孩》蹿红娱乐圈儿，丑是丑到无人能及了，难得的是她那份自信挥洒，笑傲江湖，其奈我何？连《胭脂扣》里“摸摸手都要给钱”的如花她都敢演，那种风尘中的绚烂美色她固然是没有，但变成鬼后，如花的凄凉绝望她硬是演得入木三分，红牌妓女弱质女流身后的强悍，温情缱绻中间裹挟的冷酷，都被她刻画得丝丝入扣。不幸的是，如花的命运以倒转逆流的方式回到梅艳芳的身上，身为娱乐圈儿的大姐大，众人记得最多的是她的潇洒作风，忘的最多的是她也是女人，也有软弱无助的时候。梅艳芳一辈子最想做女人，最想结婚，但婚纱是在她癌细胞扩散后，她最后一场个人演唱会的舞台上穿的，她是那么郑重其事地和她身为明星的星光结了婚，那么正儿八经地嫁给了一场华丽的虚无。她死以后再听“花开不多时啊，堪折直须折”，真是令人潸然泪下啊。

要说最吓人，还是刘晓庆。刘姥姥当真是老当益壮，鲜花插满头，把PS照当糖果发，对流逝的时光硬是视而不见。怎么会看不见呢，松弛，皱纹，粉饰，作态，这么一大把年纪了，还活得如此辛苦，真让人无语。

女人如花，女人如果，当折须折，该摘就摘。少女时可以做林黛玉，少年不知愁滋味儿，叽叽歪歪别别扭扭；年纪大些就一定要薛宝钗，美貌与智慧并重，察言观色知情识趣；再老一点儿就王熙凤，生财有道锦衣玉食，最要紧是当家做主；耄耋时最好变成贾老夫人，前呼后拥，一大堆人争着逗乐讨好。何必苦巴巴地抓着青春美貌重名厚利？那些东西该有自然会有，没有，纵使纤纤玉手变成九阴白骨爪，也还是两手空空。

看张曼玉在《清洁》里面演过气歌手，吸毒，失去爱人，没有朋友，连孩子也归了别人，她孤零零在冷风里走来走去，孤独着，寂寞着，巴结着，痛苦着，难免一时分神，觉得人生如戏，戏如人生。五十岁的张曼玉真的要当歌手了，不知道她对着话筒，一嗓子能吼出什么来。

夜晚的冲突

我是眼看着一楼的小店由小批发商店改造成小吃店的。开业那天，有几个女人堵在小店门口唱《莲花落》，这是旧年代里很优雅的一种乞讨方式，有一些老曲子自然是好听的，因为目的是为了讨好。我听了半天，她们唱的却全是流行歌曲，只是完全民间化了而已，就如同在大饭店里打包了剩菜回家，回了回锅，味道也失了大半了。街道两边好多人都围着看，离得远的，把脖子抻出老长。这几个女人唱过了歌，拿了赏钱走了。给人的感觉是，她们在一来一去之间变了个戏法儿，把小店的性质改变了。

东北的夏天，对于不太怕热的人是用不着空调的，但开窗是必要的。小吃部夜里烧烤羊肉串之类的东西，气味儿虽浓烈，飘到七楼这样的高度，还在可以忍受的限度内。食客的声音却比食物的味道传得高远，碰上几个粗声大嗓的，就像正对着窗外吵闹。

本来那天晚上想早点儿睡的，十二点左右躺下，听见楼下有男人一声接一声地喊服务员，要啤酒。在居民区的小街里面开的小店消夜，应该不是太有钱的人，但气势和有钱人一样足。要酒的声音一落下，争辩声就响起来。你妹妹我妹妹的，理论着，其中偶尔有女孩子的声音加入，难怪男人们谈兴那么盎然了。细碎的吵闹声很不安分地持续了一会儿，就像一个快要崩裂的东西让人放心不下，果然就爆发了。啤酒瓶子摔在柏油路面上的声音在深夜一点钟听起来格外的清脆，在尖利的哗啦声中，很容易想象出啤酒瓶子的绿玻璃碎片在狠狠的一击之后，如同水花溅起般四下飞舞时的景象。女孩子尖叫起来，然后是男人们拉扯的声音，谩骂的声音，责备的声音，劝架的声音，脚步声先是轰隆隆地冲向一边，然后又轰隆隆地冲向另一边。

我闭着眼睛，努力让睡眠以绝对的力量征服并统治这个夜晚。但这是不可能的，在一个小时之内，酒瓶子听上去似乎就在我的头顶上飞来飞去，而吵闹声像洪水泛滥，一发而不可收。有男人的哭声响起来了，不知羞耻的、毫无顾忌的哭声中伴着号叫声。女孩子的尖叫一共响了那么四五次，但每回都让人担心有刀子刺到什么致命的地方去了。

两点半的时候，我从床上爬了起来，既然不可能睡觉，那么就醒着好了。我坐到窗台上，听见对面楼传来一个女人愤怒的声音：如果你们再不让人睡觉，我就打110了！

看来被株连的人不止我一个。但是，敢于发出抗议的只有她自己。听声音她应该是中年女人，上有老下有小，正处于烦恼的人生阶段。她们通常很实际，对一件衣服和一把青菜的价钱计较得十分细致，还有，一个夜晚的睡眠能否顺利实现。而楼下那些凌晨时分还在消夜、吵架，为女人的事情理论，继而大打出手的人对她来说，他们的思维模式就像两个世界的人。

从我的角度看下去，楼下的男人有八到十个，女孩子却只有两个，一个穿黑衣一个穿白衣。男人当中一多半光着上身，不知谁和谁打。其中一个被三个男人摁着，是肇事的主角无疑。他的确很不安分，三个男人也不能完全控制得住，他得空还会扔一个瓶子，砸人家窗板，并且抓紧一切机会要扑向自己的仇人。他不太出声，倒是那三个男人在喋喋不休。一个人一直在盯着他质问：我以前骗过你吗？我说过的话哪回没兑现吗？我保证的事情什么时候没做到过？那么，你把事情交给我好不好？我来替你摆平。可主角根本不听他的话，只按着自己的意愿出牌，隔着人头对着仇人说道，你欺负了我妹妹……这差不多是从他嘴里说出的最长的句子了，语言简洁的好处在于言下之意变得极为丰盈。它同时使气氛充满了紧张感，把一种杀气腾腾的东西注入给周围的人。就连坐在七楼窗台上面的我，都随时准备看见有人在刀光中倒下去。不时有出租车经过楼下，车灯会短暂地照亮他们，然后再把他们置于半透明的黑暗之中。

就像某种痉挛，冲突隔一会儿就来上一次。穿白衣的女孩子抱住那个男主角放声痛哭，她哀求他，但没有用。接着是另一个男的，对着主角跪了下去，我求求你了，我给你跪下了，你别再折腾了行不行？没有回答，但答案显然是不行。主角沉默着，似乎很享受自己被人这么恳求哀告。也许他在平日的生活中是个很窝囊的人，处处忍气吞声，今天夜里借着酒劲儿撒起泼来，心情是不乏愉悦的。就像一个极刺激有趣的游戏，明明已经是强弩之末，但他舍不得停下来，所以，别人一松懈，他就再闹上一阵子，让这个夜晚始终保持着一种高涨的情绪。

仇人到底让他惹急了，仇人也话少，但径直冲向了他。还没等到近前呢，另外三个男人扑过去抓住了他，男人们撕扯了一会儿，两个人短兵相接了一下，很快就被拉开了。正僵持着，110警车开来了。无声无息地，停在两伙男人中间。

车门打开后下来两个警察，一个走进店里，另一个一言不发地看着他们。其中一个男人过来和警察解释，说他们几个朋友喝多了点儿，什么事儿也没有。可能是人多的缘故，警察保持着沉默，等另一个从小店出来后，他们开着车便离开了。连句让他们安静下来、不要影响居民休息的话都没说。如果对面楼里的女人和我一样是目击者的话，不知道会气成什么样儿。

男人们又僵持起来，天色已经开始发亮了。偶尔有清洁工从他们身边走过，他们对冲突视而不见。小吃店的老板拿出一把羊肉串儿在烤，不知这是消夜还是早餐。差不多过了一刻钟的样子，有几个男人从小店里轰隆隆地奔出来，拦住了一辆出租车，把一个男人塞进了车里，另一个男人陪着也进了车里，然后他们用力地拍着车，冲司机喊，送省医院，快点儿把他送省医院。车犹犹豫豫地发动了，走了几步停下来，几个男人立刻一起喊，快他妈走啊，省医院！出租车这回才利落地开走了。

剩下的人明显放松下来，三个一群两个一伙儿地站在马路边儿上，边说话边掏出烟来抽。两个女孩子各有一个男人陪着，但姿态上却都有些若即若离。天色越来越亮了，我不明白，夜晚已经过去了，他们干吗还不离开？！

一刻钟

故事是真的。

女人是一个剧团的演员，不是龙套，是很有些名气的花旦。男人是南方某部队的团级干部，部队重点培养的尖子。事情的开端缘于一封寄错的信，到底是他寄错还是她寄错，或者是寄错到他那里还是寄错到她那里，都无关紧要，总之，故事因为一次阴差阳错开始了。

花旦学戏是童子功，字认识不多，唱词背熟不少。对于情感的体会和理解，她比平常女人多出好多曲折婉转。后来随着形势变化开始演出一些革命题材的剧目，可再怎么样，剧团的生活比起平常人来，总归是花团锦簇的。花旦唱戏多年，对于男女情感，自然而然地学会了些欲擒故纵、收放自如的手段，诗词底子又好，白纸上的黑字，她一出手就变成了舞动的水袖，让读信的人眼花缭乱神魂颠倒。

男人是个才子，除了字写得好，还能画上几笔。在军营里，算是文武双全的人才了。军营里难得见到异性，偶尔见到一两个，战士们一窝蜂似的围着，平常姿色也给宠成了倾国倾城。男人才华出众，一般人物是不入眼的。原本因为寂寞，还有些随和的意思，有了鸿雁传书的红颜知己，便是除却巫山不是云了。

两个人的纸上恋爱进行了很久，一个红装，一个武装。一个阴柔，一个阳刚。一个百媚千娇，一个威武神勇。后来发展到寄照片。花旦是练过眼的，照片简直勾魂摄魄；团长倒是朴实，可有军装衬着，不怒自威，平添了英雄气概。照片交换过以后，两个人感情更上了一层楼。以前涌到嘴边咽下去不说的话，如今也能脸红心跳地吐出口了。再后来，就到了谋求有情人终成眷属的地步。团长提交了要跟花旦结婚的报告，军队派人到剧团去政审；这一审，审出问题了，花旦祖父是资本家。根不红苗不正，要是配一般人也就睁只眼闭只眼了，但这个年轻的团级干部是部队里寄予厚望的，日后要有大发展，上级的回答是：不批准。

两个人对困难也是有些准备的，但总归还存着些侥幸心理。打击真的摆在面前了，两个人一南一北的，隔着遥远的山山水水，痛苦着对方的痛苦。情到深处，死倒比分手更容易接受些。难过了一阵子，豁出去了，私奔。在她，倒是轻易些，毕竟是和戏一起长大的，在戏里私奔过多少次了，轮到现实里，心情惶惑是难免的，但总归还有那么点儿底气。在他却是反复权衡，军营不是等闲地方，一只脚踏出去，再也没有回头路了。但英雄气概也同时在他内心里昂扬着，人家弱女子都能抛弃一切，自己七尺男儿，怎能临阵脱逃。何况，那时全心全意都是爱，宛若飞蛾，死也要扑到爱人火热的怀里。

他们约了在中间的一个城市见面。城市是陌生的，夏天有火炉之称。她的皮肤从小上重妆画油彩，有些粗糙，还落下雀斑似的小点点，平时在北方她不化妆不出门，她在化妆方面算是行家。她没想到会遇到这么热的天气，简直是一只鬼手，把她的美丽从脸上扒皮似的扒下来。

他是后赶来的。来之前，已经把军装脱掉留在部队了，那可不是一套平常的衣服，脱掉它，相当于脱胎换骨了。

他们在约好的旅馆里见了面。

她的妆糊得一塌糊涂，以往的美丽变成了斑驳的墙，东一块西一块的，越紧张，汗流得越多，脸上的疵点暴露无遗。她简直手足无措了，以往的那些俏丽手段，全都派不上用场了。

他也出汗，私奔从预谋的那天起，就让他心神不定，寝食不安，人明显地消瘦下去，刚刚又坐了一天一夜的火车，人快要脱相了。偏偏又失去了军装。以前，他为自己的身份自豪，多少还有些居高临下的意味儿，是红花对绿叶的感情，现在才发现，所谓的坚强，大部分是来自身上的那层绿色铠甲的护佑。

他们见面的时间是一刻钟。

这一刻钟是梦醒时分。他们的决心是飞蛾扑火式的，因为爱，他们相信火里有凤凰，飞蛾再生，变成凤凰，为此付出任何代价都是值得的。他们没想到千山万水地赶来相见，火熄灭了，只剩下了灰。飞蛾不仅变不成凤凰，连想象中温暖而绚丽的火光都失去了。

这一刻钟，他们失去了他们所有能够失去的，还把他们不能失去的也失去了。

某种微笑

我记事晚，上小学以前对我爸几乎没什么印象，他早出晚归地忙工作，在家时间少。我六岁时上学报名，没到入学年龄，他带着我去学校找熟人，我这才觉得他是个重要人物。那么多老师都认识他，见面后和他很热情地打招呼。我心想这下子好了，上了学后，再没人会找我麻烦和我打架了。结果却不是那么回事儿，和同学照样打架，也和其他同学一样时不时地挨老师批评。

三年级一开始，我参加了校文艺队，要出去演出，唱独唱。这事儿在家里遭到哥哥姐姐们无情的嘲笑，我爸却一本正经地说，锻炼锻炼有好处。我上台时，他在旁边看着我，但并未把我放在心上，他在忙别的事情。等我下台时，他就对我笑笑。

家里有二胡，吉他，手风琴。在二十世纪七十年代，这算不错了。我爸迷恋音乐，又不肯独自寂寞地去喜欢。有很多夜晚，他把我们召集到一起，教我们识谱。我困得要命，一直在打着瞌睡，我爸声音一严厉起来，我就精神一下，然后再打瞌睡。教了一阵子，我爸得出结论，四个孩子，没有一个是有音乐天分的。他的语气丝毫不遗憾，只是指出一个事实而已，并由此有了不培养我们的理由。

我爸的兴趣转移到了摄影上，弄来很多书，天天摆弄着一架“海鸥”研究光与影。我们在睡着之后，经常会被他从被窝里拉出来，说白天拍照剩下了胶卷，要给我们照相。我们困得要命，只想睡觉，可我爸已经把两个大闪光灯打着了，屋子里一片光明，晃得我们睁不开眼睛。然后是摆姿势，对着光的，逆着光的，仰着头儿的，侧着脸儿的，折腾半个小时能照成一张就不错了。照完之后，冲洗这一类的活儿他也完全自己做。我爸在单位专门弄了个暗室，我去过几次，眼看着我们的影像在显影剂里一点点儿地清晰起来。过了一阵子，我爸忙碌起来了，今天找这个工种的人帮忙，明天找那个工种的人帮忙，拿回来一大沓砂纸，打磨一个小东西。后来他把这小东西镶嵌在镜头上，给我们照相，那个小东西先挡住一半镜头，照了一下后，把它翻到另一边，再照一下，这样做的结果是，我们在一张照片上可以出现两次。他用这个东西给很多人照了相，照伤了似的，后来就不太动相机了。

有一天，他突然抱回来一盆养在盆里的葡萄，枝蔓很漂亮，上面还结着两串儿青葡萄，我们喜欢得要命，围着盆看来看去。

我爸说，他准备在家里养上几盆这样的葡萄，一年结果两次，既能装饰房间，又能摘来吃。我们对他的说法颇为怀疑。我爸却不再多说，捧回七八本书回来，每天看书研究，没等他把理论研究明白，先抱回来的那盆葡萄因为没料理好，死了。我们难免要说上几句风凉话，但他不大在乎，仍旧研究，等到他向我们宣布养鸡的消息时，我们才又想起他种葡萄的事儿。

养鸡的事儿我们也没当真，以为会和葡萄一样，自生自灭了，但这一回我爸的决心大起来了。把一间单独的房子收拾出来当成了鸡舍，忙乎了几天几夜，设计出了两米多高的四层鸡架，鸡笼鸡槽都像模像样的。图纸完成后弄来钢条，找地方按尺寸切割了，电焊时却出了毛病。他嫌工人焊得不好，自己借来个焊枪，防护罩，焊起来了。等两个鸡架立起来，他的眼睛也成了红色的了。全家人让他吓得半死，生怕他的眼睛为几只鸡落下毛病。然后就抓鸡雏，不用说，品种也是经过他调查研究过的，一只鸡养多长时间下蛋，一年之内能下多少，两年之内能下多少，他说得头头是道。鸡雏抓来后，他白天黑夜地守着，鸡食是小米研碎了拌蛋黄，水是烧开后晾凉的温水，每天五顿饭，我妈说，生我们时也没见我爸这么侍候过。鸡们不负我爸的苦心，终于长到可以放进鸡架上面了。我们家最多的时候养过多少鸡，我已经记不得了，这可不是一个人能干得了的活儿，所有的人都得伸把手。家里的人怨声载道，我爸就说，吃鸡蛋时你们怎么不报怨？开始时我们也就忍了，后来他再这么说，我们就回敬他，宁可不吃鸡蛋，也不愿意再干这活儿了。我爸就悻悻地来一句，说得好听。

经历了多少辛苦，鸡终于长大了，而且确如我爸所预计的，下了不少的蛋。吃是吃不完的，也没多少卖的心思。上顿下顿的，桌上都有鸡蛋，弄得大家都不开胃。后来我出去住校，每星期回家一次，每次回家，肯定会有一个鸡腿吃。吃了一年多，才把那些鸡都吃掉。

一度用来养鸡的房子空闲出来，重新打扫、粉刷。我爸又有了新兴趣，打复合式家具。我们这里离林区不远，有的是好木料。他专门儿去了一趟哈尔滨，回来后还是先画图纸，然后就动手干起来了。这回用不着我们帮忙不说，过了没几天就把一套家具弄回家里来了，确实很有新鲜感，所有来家里的人都赞叹不止。他带着人乘胜前进，打了家具后卖掉，给家里增添了不少收入。一年以后，很多人都会打这种家具了，不过这已经不关我爸的事儿了，连他最早拿回家来的那套家具，也早就被人买走了。

1980年，我爸就买了一个“索尼”的录音机，放邓丽君的歌儿。很快又买了个电唱机，听唱片。李双江、关牧村之类的，还有很多外国经典民歌，那时东方歌舞团正红火着，好多歌都是东方歌舞团的演员唱的。我爸对音箱不满意，决心要改装改装，先画了图纸，然后买了特殊的木料和带金丝的布料做了两个漂亮的音箱，变压器和喇叭据我爸说是很讲究的，但我们不关心那么多，只要能有动静儿就行。

很多人家还没买上黑白电视的时候，我们家就已经看上彩电了，我爸把钱全花在这些地方了，妈妈有时候抱怨，他就振振有词地回答，我一辈子不抽烟不喝酒，不就是喜欢这些东西吗？花点儿钱有什么不应该？

我爸的确是不喝酒，但家里来了人，他肯定会拿酒热情招待。自己陪不了，就让我们来敬酒，一个孩子给客人敬一杯，四杯下来，也就差不多尽到意思了。我们对此深恶痛绝，长大以后经常拿这事儿讨伐我爸，他反问我们，那你们说怎么办？我们说别人爱喝就自己喝呗。我爸说，那哪儿行？待客要有礼貌。除了敬酒，家里还有很多繁文缛节。来了人，一定要打招呼，客人走时，一定要随着大人穿过院子送到门口，如果是远道的，父亲还要送到路口。

大姐当年放弃高考，想要直接参加工作，老师觉得她不考大学太可惜了，劝她三思而后行。她和我爸谈了一次话，我爸沉默良久，说，你已经十八岁了，自己的事情自己决定，不过，你要想清楚，这是会影响你一辈子的事情。结果，大姐还是按照自己的意愿去做了。到了哥哥考大学时，他不满意考取的学校，想复习一年再考。犹豫不决的时候，因了我爸那句“考上了就去念吧”，委委曲曲地上学去了。几个孩子里面，我一直觉得他偏心二姐，因为二姐身体弱，长得娇小，还是家里最漂亮的孩子。对我，他是当成男孩子养的，扔到哪里都放心。高考那年，别的同学都有家长陪着，他都没到学校来看看我。考完最后一科，我就因为贫血病倒了，恰好有同学的顺路车可以搭，一路躺着回到家。我们几个孩子凑到一起，就和我爸翻老底儿，并且一致得出了他对我们不太负责的结论。

长大以后，尤其是写作以后，我觉得自己开始了解我爸了。他把生活一直过得很热闹，但大多数时候，那热闹是只属于他一个人的。他很甘于内心中的寂寞，能平和地面对生活。他容易对一件事情的具体过程充满兴趣，喜欢探究根本。最近的一次回家，吃青菜时，我问妈妈，菜叶上面的白点儿是什么？爸爸当时刚吃完饭，听了我的话，转身走了。我有些纳闷儿，他是很关心细节的呀。过了一会儿，他拿着放大镜回来了，对着菜叶左照右照，让我忍俊不禁。

人老了，生活重心就放在很多具体的事情上了，比如吃饭做菜。我爸随身总带着个本子，见到好菜谱，就抄写下来，茶怎么沏、酒怎么喝这类，也抄写下来，还有喜欢的歌曲，某种生活小常识之类的，都抄下来。他和别人谈话时，总能头头是道，但他不是为了跟别人说话才抄写东西的，他只为自己的趣味负责。

他生命中最珍视的东西是音乐，他在生活中延续最久的乐趣是打鱼。正如他的一贯风格，时至今日，他仍旧坚持自己织渔网，铅坠儿、绳头，也仍旧以他的方式讲究着，水裤、救生衣也全由自己来做。打鱼是带了帐篷到野外宿营的，形式感极强。我们笑他花几千块钱，打回几十斤鱼来还沾沾自喜，他不以为然。在我们很小的时候，他就喜欢打鱼，家里有很多渔网，一挂一挂地挂在小仓库里。星期天，他带上全套的工具，拉着我们去江边。他在江里跑网，我们在岸边跟着，从下午艳阳高照到黄昏时彩霞满天。有些时刻就是这样的，当时不觉得怎么样，多年之后，才明白什么是幸福。

小　人　物

宋　惠　玲

宋惠玲是在河里淹死的，那一年她十四岁。那条河在我童年的记忆里淹没了不少生命，矿长的小儿子也葬身其中。我从未见过那个据说是很文雅，有礼貌，长得也周正的少年。他的尸体从河边抬回来的时候，他的妈妈当街抚尸痛哭，对上前来安慰自己的、有点儿痴傻的大儿子说“为什么死的不是你”——这句话后来传得极广，当人们形容丧子母亲的悲伤，或者表达对矿长大儿子智力的轻视时，都会把这句话搬出来。

虽然是形式相同的死亡，但宋惠玲进入河中的理由和大家不同，这也是日后她成为英雄人物的原因。她的一本《毛主席语录》掉进了河里。

很多插图和版画都再现了宋惠玲打捞“红宝书”时的情景——河水的波浪画得比海浪还要高，宋惠玲劈波斩浪的动作看上去分外矫健，表情也非常坚毅，那不是一个濒死者的表情，是草原英雄小姐妹手握羊鞭与大风雪战斗时的表情（好几本小人书里，宋惠玲的故事都和她们的并列编在一起），一只手紧紧抓着一本《毛主席语录》。

我和伙伴们经常去河边玩，她们最初说起宋惠玲的时候，我无法相信这是真的，英雄人物都是光芒万丈的，怎么可能轻易地在我们身边就出现一个呢？但画片是真的，那么多的书也是真的，时间、地点、姓名都对。有一次我还被带进河边的一个树林里，柳树长得弯弯曲曲的。在一个乱七八糟的石头堆前，有人凑近我的耳边说道，“这就是宋惠玲的坟。”我掉头就跑，宋惠玲在那个时刻丧失了英雄的形象，变成了游出水面回到人间的女鬼，摇曳的柳树枝是她的头发和手臂，为了躲避这些柔软的纠缠，我恨不能也一下子跳到河里去。

不管有没有宋惠玲，也不管有多少人死去，我们还是经常去河边，二十世纪七十年代的童年是很难绕过河边的。“宋惠玲真的那么爱毛主席的书吗？”疑问是后来想到的。我自己是绝对不会为一本书跳进河里的。我没想到答案那么容易得到，“那本《毛主席语录》里夹了五斤粮票。宋惠玲怕回家挨爸爸的打，才跳进河里去的。”“那宋惠玲怎么还成了英雄呢？”我问。“那些写书和画画的人不知道《毛主席语录》里有粮票的事儿呗。”

王长荣

在流行光荣榜和大红花的年代，我的个头儿一直都很矮，对戴着红花的人物，必须是仰视才能见到。在光荣榜上面，王长荣头上顶着矿灯，脖子上系着白毛巾，身上穿着工作服，他的照片在光荣榜上面比其他劳动模范的要大上十几倍，胸前的红花也比别人大出同样的倍数。

每天上学的时候，我都要从王长荣的照片前面经过，久而久之，对这个从未见过面的人，好像熟悉得不得了。

如同他的名字一样，王长荣二十年中始终是光荣榜上的常青树。劳模的规格也比较高，他是全国劳动模范，经常到北京开会。每次开会回来，他下了火车便直奔井口，换了衣服下井，在掌子面上工作十几个小时以后再回家。他虽然经常出去开会参加活动，但工作仍然比普通工人干得多，劳模是当之无愧的。

煤矿里经常出现或死或伤的事故，工人们到了几百米有时甚至是上千米深的地下，就像飞到几千米高空的飞机上的乘客一样，“听天由命”的分量变得格外的重，作为名人的王长荣在我的记忆里，似乎与灾难从来没搭上过关系。虽然他也和其他矿工一样在暗无天日的地方工作，但他的身上似乎有光环围绕着的。

在我长大以后，看到媒体大肆宣扬某个模范人物时，脑子里就会有个弹簧那么一弹，王长荣像从升降机里从地下上来一样，从陈年旧事中出现到我的眼前。徐虎、李淑丽都曾唤起我对王长荣的记忆。还有一次我在《南方周末》上看到一篇工人开矿得了矽肺却得不到赔偿的报道，当时忍不住在心里计算了一下，王长荣在井下工作了一辈子，他肺里面含有多少煤粉？

在计划经济时代，王长荣做了几十年的模范人物，他退休以后赶上市场经济时代，他的儿子承包了煤窑，当起了煤窑主，王长荣是现成的技术指导。王长荣与煤的关系似乎具有特殊的魔力，那么多的私人煤窑，数他们家的煤质好，产量高，煤对王氏父子而言，是真正意义的“黑金”，几年之内，他们便有了几百万的家底。王家有了钱，跟着有了房子车子，不久，王长荣的儿子儿媳在一次车祸中丧生了。

王长荣再一次成为人们茶余饭后的谈资，在很多人看来，一个劳模，家里有那么多钱是很不正常的，所以才出了意外。

丁　婶

丁叔丁婶是山东人，“闯关东”时来到东北。没什么文化的丁叔当了一辈子矿工，老实得要命，我们两家住了好多年邻居，我听他说话也不过三五句，而且都是用来训斥孩子的。丁婶的话比丈夫多些，但也远远算不上唠叨，一口山东腔。她留着齐耳的短发，穿灰色的衣服，不好看也不难看，整天忙乎着。

每当传来井下出事故的消息，丁婶就会变得很紧张，扔下手里的活儿往井口上跑，头发都飞起来了。丁叔是个很有运气的人，好几次大难不死，有一次井下塌方死了不少人，只有他和另一个工人幸免于难。

丁婶也干着很辛苦的工作，她在洗煤厂当工人，三班倒，经常半夜爬起来去上班。洗煤厂离住宅区很远，腿脚利索的人也得走半个多小时，其中有几段路特别的僻静，难免会发生些意外的事件。

有一天夜里，丁婶在上夜班的路上被人奸污了。她把事情讲给丈夫听，两口子打了起来，闹得邻居们都知道了。那一段时间大人们的表情很微妙，没有人指责丁婶的不是，甚至没有谁提到丁婶的名字，成为大家谈论焦点的是丁婶上班的路线，以及以往在那条路上发生的那些意外事件。

后来，又发生了别的事件，丁婶身上发生的事情就变成了往事。

陈大夫

陈大夫和我们家很熟，所以，连我们这些晚辈都知道她是陈大夫的情人。

陈大夫提前从医院退休，开了一家个体诊所，他把她安排在自己的身边，像从前在一个医院里一样。常去诊所的人，差不多都知道她和陈大夫的关系。或许是因为两个人的年纪都不算小了，还保持着这样的关系，人们的目光里难免有特别的意味儿。但他们似乎并不在乎，一个医生和一个护士，配合得天衣无缝。

陈大夫的妻子也整天在诊所里忙碌（诊所和家是由一个小院落连在一起的），在旁人看来，她的存在使得诊所里的情感变成了有趣的三角关系，但她自己显然对此不以为然。她忙于应付具体的事情，除了照顾病人外还要做饭洗衣，对身边男医生和女护士之间的暧昧关系仿佛熟视无睹。中午陈大夫午睡的时候，她还和她坐在空病床上，一边打毛衣一边说说别人的闲话。

有一次在家里谈起爱情的话题，和往常一样，又有人提起陈大夫。说前阵子陈大夫生病卧床，诊所由陈大夫的妻子临时照看，有一天中午，刚好有人来送药，妻子和护士一起整理了一会儿药箱，把剩下的活儿交给护士，回到后面做饭，饭做好后把陈大夫扶到桌边。陈大夫见饭桌上缺了人，立刻摔了筷子，拍着桌子气势汹汹地对妻子强调，“我还没死呢！”他的妻子什么也没说，起身去前面诊所把丈夫的情人找到后面来吃饭，她自己去清理剩下的几箱药。

张　福

张福是个农民。一到冬天，他棉袄外面套着羊皮背心，在公路上赶着一辆小毛驴车捡牛粪马粪。

不光是我，很多人都认识张福，大家说起什么事情时，都会很自然地提到他，比方说谁谁的自行车在路上摔坏了，轮子飞了出去，差点儿被张福的驴踩到之类的话。张福从来没成为过话题中的主题，他是作为某种参照物存在的。张福为大家所熟识，就好像路边的某间房子、某棵树那么自然。

但张福毕竟是张福，作为生命个体，谁都可能做出点儿出人意料的事情来。进入二十世纪八十年代以后，张福在大家的视线中消失了一段时间，三年或者五年。然后在全国范围内的一次“扫黄”活动中，他，连同他所管理的一个地下妓院被清查出来。

张福养着十几个女人，那时还不时兴夜总会、桑拿浴、洗头洗脚屋之类的地方，那些女人平时就耗在张福的几间空房子里，张福和顾客谈好了生意后派人把她们叫出来。其中有一个我认识的女孩子，长得病恹恹的，看人的神情很高傲，据说她在那伙儿人里面最年轻、价钱也要得最高。

张福被抓以后，沉默了好几天，后来才开始交代。他不说则已，一说又吓人一跳。他没有凭借任何文字记录（据说他是文盲），却能把几年之间所交易的情况一项一项地讲出来，时间，地点，人物，价钱，甚至当时的天气，他都能讲得丝毫不差。

一大堆名字被抖搂了出来，其中不乏有头有脸的人物和一些五六十岁已经儿孙绕膝的长者。很多家庭闹得鸡飞狗跳，寻死的事件也发生了好几起。据说张福待在里面日子倒过得很从容，他说我这一辈子能干出这么大一件事儿，死也值了。

小姨的婆婆

小姨的婆婆在我看来并不刁钻，她是一个宽脸膛儿的老太太，嘴里剩下三五颗牙，说话的声音含混不清，吃一顿饭要用平常人三顿饭的时间。小姨很不耐烦她，言语行动都表达得直截了当。小姨的婆婆对儿媳妇的摔摔打打很会装聋作哑，活了一大把年纪了，什么事早都看开了。

小姨其实也不能算是虐待婆婆的儿媳，好吃的好喝的，她一样儿也不短婆婆的，而且据她抱怨，当年她刚结婚过门儿时，受了婆婆数不清的气。

有一次小姨出门，在我们家所住的城市里转车，晚上吃饭时，话题说到她婆婆的身上，小姨照例表达了一番对她的讨厌，然后说起前一阵子时，她婆婆半夜里煤气中毒，她爬起来把她拖到外面的雪地里，好一阵子忙活才把她抢救过来。“事后我很后悔，当时假装不知道就好了，反正她都八十多岁了，死了不是更省心？”

大家都不把小姨的话当真，但父亲的脸整晚沉着。他是个孝子，最恨人不敬老。小姨走了以后，他很不高兴地对妈妈说，“她说的那是什么混账话？怎么可以这么做人？”

就像老天爷在开玩笑，小姨刚走，一封电报拍到我们家，小姨的婆婆去世了。当时小姨不知道这件事，三天后她出门回来又在我们家等候转车时，听到了消息。整个晚上，小姨没说一句话。

第二天一早，父亲陪小姨回家。一直到丧事料理完，他才回来。“小姨回到家后，是怎么样的反应？”我问父亲。“没下车就哭起来了，下了车往家走的一路上，更是呼天抢地的，没等进门，已经有人听见声音迎出来了。”父亲停顿了一下，又补充了一句，“她是真的很难过。”

“小姨的婆婆还真会挑时候啊。”我知道不应该，但还是忍不住笑了。

姑　妈

我十二岁那年，姑妈一家四口从外地搬来我们家附近。

说是姑妈，其实也没什么血缘关系。但我们两家相处得很亲近，姑妈偶尔在我们家住的时候，大人们总是聊天聊到后半夜。他们以为我睡着了，言谈不大顾忌，我才知道原来姑妈不能生育，堂姐堂兄都不是她生的孩子。

后来出了一次严重的车祸，姑父一条腿残疾了，侥幸生还，姑妈却当场丧命。我望着遗照上的姑妈，发觉她是一个目光异常温柔的女人，那一刻的悲伤，直到如今仍然找不到恰当的言语形容。

大学毕业那年夏天， 我坐火车回家看望父母，在卧铺车厢里，我上面的中铺是一个老教师，大概是懒得爬上爬下，她坐在我的铺位上和我聊天，起初是有一搭没一搭的，后来她提到她住的地方，我愣了一下，我说我姑妈以前也在那儿住过。她问起姑妈的名字，我说了，她拍起手来，原来她们竟是认识的，而且是邻居。

“你知道你姑妈是不能生育的吗？”老教师问我。我说知道，实际上，姑妈对堂姐堂兄，比亲生的孩子还要好。老教师也说姑妈是个很善良的人，“我刚认识她的时候，她结婚没几年，做梦都想生个自己的孩子。”她接着说道，“我安慰她，说以后会有孩子的，让她不要着急。过了没有两个月，有一天我见到她，她喜洋洋地对我说，‘我怀孕了’，那个月整天她想吃酸的，看见油腻的东西就吐。过了几个月，她的肚子鼓了起来，而且越来越大，见到她的朋友邻居们都恭喜她，十个月过去了，孩子没生，十二个月时，她去医院看医生，医生仔细给她做了检查，说她根本没怀孕，肚子里面其实是一股气。医生说完那些话的第二天，你姑妈的肚子真的就像泄了气的球一样，又恢复到原来的样子了。那以后，你姑妈再也不提想生孩子的事儿了。”